www.ingramcontent.com/pod-product-compliance
Lightning Source LLC
LaVergne TN
LVHW051122051026
849532LV00004BB/1639
9789358723229

آتش پارے

(افسانے)

مصنف:

سعادت حسن منٹو

© Taemeer Publications LLC
Aatish Paarey (Short Stories)
by: Saadat Hasan Manto
Edition: December '2023
Publisher :
Taemeer Publications LLC (Michigan, USA / Hyderabad, India)

ISBN 978-93-5872-322-9

کتاب : **آتش پارے** (افسانے)

مصنف : **سعادت حسن منٹو**

کمپوزنگ / تدوین : محمد وارث / اعجاز عبید

صنف : فکشن

ناشر : تعمیر پبلی کیشنز (حیدرآباد، انڈیا)

سالِ اشاعت : ۲۰۲۳ء

صفحات : ۱۰۰

سرورق ڈیزائن : تعمیر ویب ڈیزائن

فہرست

آتش پارے

یہ افسانے دبی ہوئی چنگاریاں ہیں، ان کو شعلوں میں تبدیل کرنا پڑھنے والوں کا کام ہے۔

امرتسر، ۵ / جنوری ۱۹۳۶ء

سعادت حسن منٹو

(۱) خونی تھوک

گاڑی آنے میں ابھی کچھ دیر باقی تھی۔

مسافروں کے گروہ کے گروہ پلیٹ فارم کے سنگین سینے کو روندتے ہوئے ادھر ادھر گھوم رہے تھے۔ پھل بیچنے والی گاڑیاں ربڑ ٹائر پہیوں پر خاموشی سے تیر رہی تھیں۔ بجلی کے سینکڑوں قمقمے اپنی نہ جھپکنے والی آنکھوں سے ایک دوسرے کو ٹکٹکی لگائے دیکھ رہے تھے۔ برقی پنکھے سرد آہوں کی صورت میں اپنی ہوا پلیٹ فارم کی گدلی فضا میں بکھیر رہے تھے۔ دور ریل کی پٹری کے پہلو میں ایک لیمپ اپنی سرخ نگاہوں سے مسافروں کی آمد ورفت کا بغور مشاہدہ کر رہا تھا۔۔۔۔ پلیٹ فارم کی فضا سگریٹ کے تند دھوئیں اور مسافروں کے شور میں لپٹی ہوئی تھی۔

پلیٹ فارم پر ہر ایک شخص اپنی اپنی دھن میں مست تھا۔ تین چار بنچ پر بیٹھے اپنی ہونے والی سیر کا تذکرہ کر رہے تھے۔ ایک گھڑی کے نیچے خدا معلوم کن خیالات میں غرق زیرِ لب گنگنا رہا تھا۔ دور کونے میں نیا بیاہا ہوا جوڑا ہنس ہنس کر باتیں کر رہا تھا۔ خاوند اپنی بیوی کو کچھ کھانے کے لیے کہہ رہا تھا۔ وہ شرما کر مسکرا دیتی تھی، پلیٹ فارم کے دوسرے سرے پر ایک نوجوان قلیوں کے ساتھ لڑکھڑا کر چل رہا تھا، جو اسکی بہن کا تابوت اٹھائے ہوئے تھے۔ پانچ چھ فوجی گورے ہاتھ میں چھڑیاں لئے اور سیٹی بجاتے ہوئے ریفرشمنٹ روم سے شراب پی کر نکل رہے تھے۔ بک سٹال پر چند مسافر اپنا وقت ٹالنے کی خاطر یونہی کتابوں کو الٹ پلٹ کر دیکھنے میں مشغول تھے۔ بہت سے قلی سرخ

وردیاں پہنے گاڑی کی روشنی کا امید بھری نگاہوں سے انتظار کر رہے تھے۔۔۔۔۔۔ریفرشمنٹ روم کے اندر ایک صاحب انگریزی لباس زیب تن کئے سگار کا دھواں اڑا کر وقت کاٹنے کی کوشش کر رہے تھے۔

"قلیوں کی زندگی گدھوں سے بھی بدتر ہے۔"

"مگر میاں کیا کریں آخر پیٹ کہاں سے پالیں؟"

"ایک قلی دن بھر میں کتنا کمالیتا ہو گا؟"

"یہی آٹھ دس آنے۔۔۔۔۔۔۔"

"یعنی صرف جینے کا سہارا۔۔۔۔۔اور اگر بال بچے ہوں تو اپنا پیٹ کاٹ کر ان کا منہ بھریں۔ جب ان لوگوں کی تاریک زندگی کا خیال ایک دفعہ بھی میرے دماغ میں آ جائے تو پہروں سوچتا رہتا ہوں کہ آیا ان کی مصیبت ہماری نام نہاد تہذیب پر بدنما داغ نہیں ہے؟"

دو دوست پلیٹ فارم پر ٹہلتے ہوئے آپس میں باتیں کر رہے تھے۔

خالد اپنے دوست کی گفتگو سن کر قدرے متعجب ہوا اور مسکرا کر کہنے لگا۔ "کیوں میاں یہ لینن کب سے بنے تم؟۔۔۔۔۔۔تہذیب کس بلا کا نام ہے۔۔۔۔۔۔انسانیت کے سر دلوہے پر جما ہؤا زنگ۔۔۔۔۔۔جانے دو ایسی باتوں کو، جانتے ہو میں پہلے ہی سے اپنے حواس کھوئے بیٹھا ہوں۔"

"خالد، سچ کہہ رہے ہو۔ یہ باتیں واقعی دماغ کو درہم برہم کر دیتی ہیں۔ دو روز ہوئے اخبار میں ایک خبر پڑھی کہ پندرہ مزدور کارخانے میں آگ لگ جانے کی وجہ سے جلے ہوئے کاغذ کے مانند راکھ ہو گئے۔ کارخانہ بیمہ شدہ تھا، مالک کو روپیہ مل گیا۔ مگر پندرہ عورتیں بیوہ بن گئیں اور خدا معلوم کتنے بچے یتیم ہو گئے۔ کل تین نمبر پلیٹ فارم پر ایک

خاکروب کام کرتے کرتے گاڑی تلے آکر مر گیا۔ کسی نے آنسو تک نہ بہایا۔۔۔۔۔ جب سے یہ واقع دیکھا ہے، طبیعت سخت مغموم ہے۔ یقین جانو، حلق سے روٹی کا لقمہ نیچے نہیں اترتا، جب دیکھو اس خاکروب کی خون میں لتھڑی ہوئی لاش آنکھیں باہر نکالے میری طرف گھور رہی ہے۔۔۔۔۔ مجھے اس کے گھر ضرور جانا چاہیئے، شاید میں اس کے بچوں کی کچھ مدد کر سکوں۔"

خالد مسکرایا اور اپنے دوست کا ہاتھ دبا کر کہنے لگا۔ "جاؤ۔۔۔۔۔ پندرہ مزدوروں کی بیکس بیویوں کی بھی مدد کرو، یہ ایک نیک اور مبارک جذبہ ہے مگر اس کے ساتھ ہی شہر سے کچھ فاصلے پر چند ایسے لوگ بھی آباد ہیں، جنھیں ایک وقت کے لیے سوکھی روٹی کا نصف ٹکڑا بھی میسر نہیں۔ گلیوں میں ایسے بچے بھی ہیں جن کے سروں پر کوئی پیار دینے والا نہیں، ایسی سینکڑوں عورتیں موجود ہیں جن کا حسن غربت کے کیچڑ میں گل سڑ رہا ہے۔۔۔۔۔۔ بتاؤ تم کس کس کی مدد کرو گے؟ ان پھیلے ہوئے ہاتھوں میں سے کس کس کی مٹھی بھرو گے؟۔۔۔۔۔۔ ہزاروں ننگے جسموں میں سے کتنوں کی ستر پوشی کرو گے؟"

"آہ، درست کہتے ہو خالد۔۔۔ درست کہتے ہو، مگر بتاؤ اس تاریک آندھی کو کس طرح روکا جا سکتا ہے؟ اپنے ہم جنس افراد کو ذلت کی زندگی بسر کرتے دیکھنا، ننگے سینوں پر چمکتے ہوئے بوٹوں کی ٹھوکریں کھاتے دیکھنا۔۔۔۔۔۔ سخت بھیانک خواب ہے۔"

"واقعات کی رفتار کا نتیجہ دیکھنے کا انتظار کرو، یہ لوگ اپنی طاقت کے باوجود اس طوفان کو نہیں روکتے۔ خود اعتمادی نے انہیں برداشت کرنا سکھا دیا ہے۔۔۔۔ چنگاریوں کو شعلوں میں تبدیل کرنا آسان ہے مگر چنگاری کا پیدا کرنا بہت مشکل ہے۔۔۔۔ بہر حال تمھیں امید رکھنی چاہیئے شاید تمھاری زندگی میں ہی مصائب کے یہ

بادل دور ہو جائیں۔"

"میں یہ سہانا وقت دیکھنے کے لیے اپنی زندگی کے بقایا سال نذر کرنے کو تیار ہوں۔"

"کاش یہی خیال باقی لوگوں کے دلوں میں بھی موجود ہوتا۔۔۔۔ مگر یار گاڑی آج کچھ دیر سے آتی معلوم ہوتی ہے۔ دیکھو ناپٹڑی پر روشنی کا نام و نشان تک نظر نہیں آتا۔"

خالد کا ساتھی کسی گہری فکر میں غوطہ زن تھا۔ اس لیے اس نے اپنے دوست کے آخری الفاظ بالکل نہ سنے۔ اور اگر سنے تو کچھ اور خیال کر کے کہنے لگا۔ "واقعی یہ خیال پیدا کرنا چاہیئے اور اگر۔۔۔۔۔۔۔۔"

"چھوڑو میاں اب اس فلسفے کو۔۔۔۔ کچھ پتا بھی ہے، گاڑی کب آنے والی ہے؟" خالد نے اپنے دوست کو بازو سے پکڑتے ہوئے کہا۔

"گاڑی۔۔۔۔۔" اور پھر سامنے والی گھڑی کی طرف نگاہ اٹھا کر بولا۔ "نو بج کر پچیس منٹ، بس دس منٹ تک آ جائے گی۔۔۔۔ یعنی دس منٹ کے بعد ہمارا دوست ہمارے پاس ہو گا۔۔۔۔ ذرا خیال تو کرو، میں وحید کی آمد کو اس دردناک گفتگو کی وجہ سے بالکل بھول چکا تھا۔"

یہ کہتے ہوئے خالد کے دوست نے جیب سے سگریٹ نکال کر سلگانا شروع کیا۔

پلیٹ فارم پر لوگوں کا ہجوم تیزی سے بڑھ رہا تھا۔ مسافر بڑی سرعت سے ادھر ادھر بھاگ رہے تھے۔ قلی اسباب کے ڈھیروں کے پاس خاموش کھڑے گاڑی کے منتظر تھے کہ جلد اپنے کام سے فارغ ہو کر ایک آنہ حاصل کر سکیں۔ خوانچہ والے دوسرے پلیٹ فارموں سے جمع ہو کر اپنی اپنی مخصوص صدا بلند کر رہے تھے۔۔۔۔۔۔۔ فضا، گاڑیوں کی گڑگڑاہٹ، مختلف انجنوں کی پھپ پھپ، خوانچہ والوں کی صداؤں، مسافروں کی باہم گفتگو کے شور اور قلیوں کی بھدی آوازوں سے

معمور تھی۔۔۔۔۔۔برقی پنکھے بدستور سرد آہیں بھر رہے تھے۔

ریفرشمنٹ روم کے اندر بیٹھے ہوئے مسافر نے جو ابھی تک سگار کو دانتوں میں دبائے کش کھینچ رہا تھا، اپنی کلائی پر بندھی ہوئی گھڑی کی طرف بڑی بے پروائی کے انداز میں دیکھا، اور بازو کو جھٹکا دے کر مرمریں میز پر سہارا دیتے ہوئے بلند آواز میں بولا۔

"بوائے۔"

تھوڑی دیر خادم کا انتظار کرنے کے بعد وہ پھر چیخا۔

"بوائے۔۔۔۔۔بوائے۔" اور پھر آہستہ بڑبڑاتے ہوئے۔ "نمک حرام"

"جی آیا حضور۔" دوسرے کمرے میں سے کسی کی آواز آئی، اور ساتھ ہی سپید لباس پہنے ہوئے ایک خادم بھاگ کر اس مسافر کے قریب مودب کھڑا ہو گیا۔

"حضور۔"

"ہم نے تمھیں دو دفعہ آواز دی۔ سوئے رہتے ہو تم لوگ شاید۔"

"حضور میں نے سنا نہیں، ورنہ کیا مجال ہے کہ غلام حاضر نہ ہوتا۔"

غلام کا لفظ سن کر مسافر کا غصہ فرو ہو گیا۔

"دیکھو درجہ اول کے مسافروں سے یہ بے رخی اچھی نہیں، ہم تمھارے بڑے صاحب کے بھی کان کھینچ سکتا ہے، سمجھے؟"

"جی ہاں۔"

"ایجنٹ کے، وہ ہمارا دوست ہے۔۔۔۔۔۔خیر، دیکھو تم ویٹنگ روم میں جاؤ اور ہمارے قلی سے کہو کہ وہ صاحب کا تمام اسباب پلیٹ فارم پر لے جائے۔ گاڑی آنے میں صرف پانچ منٹ باقی ہیں۔"

"بہت اچھا حضور۔"

"اور ہاں، ہمارا بل دوسرے آدمی کے ہاتھ بھجوادو۔"

"بہت اچھا صاحب"

"دیکھو، بل میں پانچسو پچپن نمبر سگریٹ کے ایک ڈبے کے دام بھی شامل کر لینا۔۔۔۔۔۔پانچسو پچپن نمبر کا ڈبہ خیال رہے۔"

"بل اور ڈبہ گاڑی میں لے کر حاضر ہو جاؤں گا، وقت تھوڑا ہے۔"

"جو مرضی میں آئے کرنا، مگر اب تم جاؤ اور جلدی ہمارے قلی کو اسباب نکالنے کے لیے کہہ دو۔"

مسافر نے یہ کہہ کر ایک انگڑائی لی اور میز پر پڑے ہوئے شراب کے گلاس میں سے آخری گھونٹ ایک ہی جرعے میں ختم کر دیئے۔ گیلے ہونٹ ایک بے داغ ریشمی رومال سے صاف کرنے کے بعد وہ اٹھا اور آہستہ آہستہ دروازے کی طرف بڑھا۔

صاحب کو دروازے کی طرف بڑھتے دیکھ کر ایک خادم نے جلدی سے دروازہ کھول دیا، مسافر بڑی رعونت سے ٹہلتا ٹہلتا پلیٹ فارم کی بھیڑ میں گم ہو گیا۔

دور ریل کی آہنی پٹڑیوں کے درمیان خیرہ کن روشنی کا ایک دھبہ نظر آ رہا تھا جو آہستہ آہستہ آس پاس کی تاریکی کو چیرتا ہوا بڑھ رہا تھا۔

تھوڑی دیر کے بعد یہ دھبہ روشنی کی ایک لانبی دھار میں تبدیل ہو گیا اور دفعتاً انجن کی چوندھیا دینے والی روشنی ایک لمحے کے لیے پلیٹ فارم کے قمقموں کو اندھا بناتے ہوئے گل ہو گئی۔ ساتھ ہی کچھ عرصہ کے لیے انجن کے آہنی پہیوں کی بھاری گڑگڑاہٹ تلے پلیٹ فارم کا شور دب کر رہ گیا۔۔۔ایک چیخ کے ساتھ گاڑی سٹیشن کے سنگین چبوترے کے پہلو میں کھڑی ہو گئی۔

پلیٹ فارم کا دبا ہوا شور انجن کی گڑگڑاہٹ سے آزاد ہو کر ایک نئی تازگی سے بلند

ہوا۔ مسافروں کی دوڑ دھوپ، بچوں کے رونے کی آواز، قلیوں کی بھاگ دوڑ، اسباب نکالنے کا شور، ٹھیلوں کی کھڑ کھڑاہٹ، خوانچہ والوں کی بلند صدائیں، شنٹ کرتے ہوئے انجن کی دلخراش چیخیں اور بھاپ نکلنے کی شاں شاں، پلیٹ فارم کی آہنی چھت تلے فضا میں ایک دوسرے سے ٹکراتے ہوئے تیر رہی تھیں۔

"خالد۔۔۔۔۔۔وحید کو تم نے دیکھا کسی ڈبے میں۔"

"نہیں تو"

"خدا جانے اس گاڑی سے آیا بھی ہے یا نہیں۔"

"تار میں تو اسی گاڑی کا ذکر تھا۔۔۔۔۔۔۔۔ارے، وہ ڈبے میں کون ہے۔۔۔۔وحید۔"

"ہاں، ہاں، وحید۔"

دونوں دوست بھاگتے ہوئے اس ڈبے کی طرف بڑھے جس میں سے وحید اپنا اسباب اتروا رہا تھا۔

ریفرشمنٹ روم والا مسافر تیزی سے فرسٹ کلاس کمپارٹمنٹ کی طرف بڑھا۔ باہر دروازے کے ساتھ لگے ہوئے کاغذ کو ایک نظر دیکھنے کے بعد دروازہ کھول کر ڈبے کے اندر داخل ہو گیا اور پیتل کی سلاخ تھام کر قلی اور اپنے اسباب کا انتظار کرنے لگا۔

قلی اسباب سے لدا ہوا گاڑی کے ڈبوں کی طرف دیکھ دیکھ کر دوڑا چلا آ رہا تھا۔ مسافر نے اسے جھلا کر بلند آواز میں پکارا۔

"ابے اندھے، ادھر آ"

قلی نے مسافر کی آواز پہچان کر ادھر ادھر نگاہ دوڑائی مگر بھیڑ میں خود مسافر کو نہ دیکھ سکا، وہ ابھی اسی پریشانی کی حالت میں ہی تھا کہ ایک اور آواز آئی۔

"کیوں۔ نظر نہیں آرہا کیا؟ ادھر، ادھر۔۔۔۔۔ناک کی سیدھ۔"

قلی نے مسافر کو دیکھ لیا اور اسباب لیکر اسکے ڈبے کے پاس جا کر کھڑا ہو گیا۔

"صاحب، ایک طرف ہٹ جائیے میں اسباب اندر رکھ دوں"

"ہاں رکھو" دروازے کے ساتھ ایک گدے دار نشست پر بیٹھتے ہوئے بولا۔ "مگر اتنا عرصہ سوئے رہے تھے کیا؟ خانسامے نے تمھیں یہ نہیں کہا تھا کہ صاحب کا سامان اٹھا کر گاڑی آتے ہی فوراً ڈبے میں رکھ دینا؟"

"مجھے معلوم نہیں تھا کہ آپ کس ڈبے میں سوار ہونگے" قلی نے ایک بھاری ٹرنک اٹھا کر بالائی نشست پر رکھتے ہوئے کہا۔

"یہ ڈبہ ہمارا ریزرو کرایا ہوا ہے، باہر چٹ پر نام بھی لکھا ہوا ہے۔"

"آپ نے پہلے یہ کہا ہوتا تو ہرگز یہ دیر نہ ہوتی"۔۔۔۔ایک، دو، تین۔۔۔۔۔۔۔۔۔۔۔آٹھ۔۔۔اور دس، قلی نے اسباب کی مختلف اشیا گننا شروع کر دیں۔

سامان قرینے سے رکھنے کے بعد قلی نے اپنے اطمینان کے لیے ایک بار رکھی ہوئی چیزوں پر نگاہ ڈالی اور ڈبے سے نیچے پلیٹ فارم پر اتر گیا۔

"صاحب، اپنا سامان پورا کر لیجئے"

مسافر نے بڑی بے پروائی سے اپنی جیب سے ایک نفیس بٹوہ نکالا اور ابھی کھول کر مزدوری ادا کرنے والا ہی تھا کہ اسے کچھ یاد آیا۔

"ہماری چھڑی کہاں ہے؟"

"چھڑی؟۔۔۔۔۔۔ چھڑی تو آپ کے پاس ہی تھی۔"

"میرے پاس، بکتا کیا ہے۔۔۔۔۔۔۔وہیں چھوڑ آیا ہو گا تو"

"چھڑی آپ کے پاس تھی۔۔۔۔۔ مگر صاحب اس سخت کلامی سے پیش آنا درست نہیں، جب میں نے کوئی خطا ہی نہیں کی۔۔۔۔۔۔۔۔۔۔"

قلی کی زبان سے اس قسم کے الفاظ سن کر مسافر آگ بھبھوکا ہو گیا اور اپنی جگہ سے اٹھ کر دروازے کے پاس کھڑا ہو کر چلانے لگا۔

"سخت کلامی سے پیش آنا درست نہیں۔۔۔۔۔۔۔ کسی نواب کا صاحبزادہ ہے۔۔۔۔۔ جتنے کی چھڑی ہے اتنی تو تیری قیمت بھی نہیں۔۔۔۔۔۔ چھڑی لیکر آتا ہے یا نہیں؟۔۔۔۔۔۔ چور کہیں کا۔"

چور کے لفظ نے قلی کے دل میں ایک طوفان برپا کر دیا، اسکے جی میں آئی کہ اس مسافر کو ٹانگ سے پکڑ کر نیچے کھینچ لے اور اسے اس اکڑ فوں کا مزا چکھا دے۔ مگر طبیعت پر قابو پا کر خاموش ہو گیا اور نرمی سے کہنے لگا۔

"آپ کو ضرور غلط فہمی ہوئی ہے، چھڑی آپ نے کہیں رکھ دی ہو گی، مجھے بتایئے میں وہاں سے پتا لے آؤں۔"

"گویا میں بیوقوف ہوں۔۔۔۔۔۔۔۔ میں کہہ رہا ہوں، چھڑی لیکر آؤ ورنہ ساری شیخی کرکری کر دوں گا۔"

قلی ابھی کچھ جواب دینے ہی لگا تھا کہ اسے چند قدم کے فاصلے پر خانساماں نظر آیا جو ہاتھ میں سگریٹ کا ڈبہ اور چھڑی پکڑے چلا آرہا تھا۔

"چھڑی خانساماں لیکر آرہا ہے اور آپ خواہ مخواہ مجھ پر برس رہے ہیں۔"

"بکو نہیں اب۔۔۔۔۔۔۔ کتے کی طرح چلائے جا رہا ہے۔"

یہ سن کر قلی غصے سے بھرا ہوا مسافر کی طرف بڑھا۔ مسافر نے پورے زور سے اسکے بڑھتے ہوئے سینے میں نوکیلے بوٹ سے ٹھوکر لگائی۔ ٹھوکر کھاتے ہی قلی چکراتا ہوا

سنگین فرش پر گر کر بیہوش ہو گیا۔

قلی کو گرتے دیکھ کر بہت سے لوگ اسکے ارد گرد جمع ہو گئیے۔

"بیچارے کو بہت سخت چوٹ آئی ہے۔"

"یہ لوگ بہانہ بھی کیا کرتے ہیں۔"

"منہ سے شاید خون بھی نکل رہا ہے۔"

"معاملہ کیا ہے؟"

"اس آدمی نے اسے بوٹ سے ٹھوکر لگائی ہے۔"

"کہیں مر نہ جائے بیچارہ۔"

"کوئی دوڑ کر پانی کا ایک گلاس تو لائے۔"

"بھئی ایک طرف ہٹ کر کھڑے رہو، ہوا تو آنے دو۔"

قلی کے گرد جمع ہوتے ہوئے لوگ آپس میں طرح طرح کی باتیں کر رہے تھے۔ تھوڑی دیر کے بعد خالد اور اسکا دوست بھیڑ چیر کر گرے ہوئے مزدور کے قریب پہنچے۔ خالد نے اسکے سر کو اپنے گھٹنوں پر اٹھا لیا اور اخبار سے ہوا دینا شروع کر دی۔ پھر اپنے دوست سے مخاطب ہو کر بولا۔

"مسعود، وحید سے کہہ دو کہ ہم اب اسے گھر پر ہی مل سکیں گے۔۔۔۔ اور ہاں ذرا اس ظالم کو تو دیکھنا، کہاں ہے۔۔۔۔ گاڑی چلنے والی ہے، کہیں وہ چلا نہ جائے۔"

یہ سنتے ہی لوگ اس مسافر کے ڈبے کے پاس جمع ہو گئے جو کھڑکی کے پاس بیٹھا کانپتے ہوئے ہاتھوں سے اخبار پڑھنے کی بے سود کوشش کر رہا تھا۔

مسعود اپنے دوست وحید سے رخصت لیکر اس مسافر کی طرف بڑھا اور کھڑکی کے قریب جا کر نہایت شائستگی سے کہا۔

"آپ یہاں اخبار بینی میں مصروف ہیں اور وہ بیچارہ بیہوش پڑا ہے۔"

"پھر میں کیا کروں؟"

"چلئے اور کم از کم اسکی حالت کو ملاحظہ تو کیجئے۔"

"کمبخت نے میرے سفر کا تمام لطف غارت کر دیا ہے۔" اور پھر دروازے سے باہر نکلتے ہوئے۔ "چلئے صاحب۔۔۔۔۔۔یہ مصیبت بھی دیکھنا تھی۔"

خالد بیہوش قلی کا سر تھامے اسے پانی پلانے کی کوشش کر رہا تھا۔ لوگ جھکے ہوئے خالد اور قلی کے چہروں کی طرف بغور دیکھ رہے تھے۔

"خالد، آپ تشریف لے آئے ہیں۔" مسعود نے مسافر کو آگے بڑھنے کو کہا۔

"ہاں، جناب۔۔۔۔۔یہ ہے آپ کے ظلم کا شکار۔۔۔۔۔۔۔۔۔کسی ڈاکٹر کو ہی بلوا لیا ہوتا آپ نے؟" مسعود نے مسافر سے کہا۔

مسافر، قلی کے زرد چہرہ اور لوگوں کا گروہ دیکھ کر بہت خوفزدہ ہوا اور گھبراتے ہوئے جیب سے اپنا بٹوہ نکالا۔

مسافر ابھی بٹوہ نکال رہا تھا کہ قلی کا جسم متحرک ہوا اور اس نے اپنی آنکھیں کھول کر ہجوم کی طرف پریشان نگاہوں سے دیکھنا شروع کیا۔

"یہ نوٹ آپ اسے میری طرف سے دے دیجئے گا۔۔۔۔۔میں چلتا ہوں گاڑی کا وقت ہو گیا ہے۔" مسافر نے مسعود کے ہاتھ میں دس روپے کا ایک نوٹ پکڑاتے ہوئے انگریزی میں کہا، اور پھر قلی کو ہوش میں آتے دیکھ کر اس سے مخاطب ہوا۔ "ہم نے اس غلطی کی قیمت ادا کر دی ہے۔"

قلی یہ سن کر تڑپا، منہ سے خون کی ایک دھار بہہ نکلی، بڑی کوشش سے اس نے یہ چند الفاظ اپنی زخمی چھاتی پر زور دے کر نکالے۔

"میں بھی انگریزی زبان جانتا ہوں۔۔۔۔۔۔۔۔۔۔۔دس روپے۔۔۔۔۔ایک انسان کی جان کی قیمت۔۔۔۔۔میرے پاس بھی کچھ ہے۔۔۔۔۔۔۔۔جو۔۔۔۔۔۔۔۔۔۔"

باقی الفاظ اسکے خون بھرے منہ میں بلبلے بن کر رہ گئے، مسافر قلی کی یہ حالت دیکھ کر اسکے پاس گھٹنوں کے بل بیٹھ گیا اور اسکا ہاتھ دبا کر کہنے لگا۔

"میں زیادہ بھی دے سکتا ہوں۔"

قلی نے بڑی تکلیف سے مسافر کی طرف رخ پھیرا اور منہ سے خون کے بلبلے نکالتے ہوئے کہا۔

"میرے پاس۔۔۔۔۔۔۔بھی۔۔۔۔۔۔۔کچھ ہے۔۔۔۔۔۔۔۔یہ لو۔۔۔۔۔۔۔۔"

یہ کہتے ہوئے اس نے مسافر کے منہ پر تھوک دیا، تڑپا اور پلیٹ فارم کی آہنی چھت کی طرف مظلوم نگاہوں سے دیکھتا ہوا خالد کی گود میں سرد ہو گیا۔۔۔۔۔مسافر کا منہ خونی تھوک سے رنگا ہوا تھا۔

خالد اور مسعود نے لاش دوسرے آدمیوں کے حوالہ کر کے مسافر کو پکڑ کر پولیس کے سپرد کر دیا۔

مسافر کا مقدمہ دو مہینے تک متواتر عدالت میں چلتا رہا۔

آخر فیصلہ سنا دیا گیا، فاضل جج نے ملزم کو معمولی جرمانہ کرنے کے بعد بری کر دیا۔ فیصلے میں یہ لکھا تھا کہ قلی کی موت اچانک تلی پھٹ جانے سے واقع ہوئی ہے۔

فیصلہ سناتے وقت خالد اور مسعود بھی موجود تھے۔ ملزم انکی طرف دیکھ کر مسکرایا اور کمرے سے باہر چلا گیا۔

"قانون کا قفل صرف طلائی چابی سے کھل سکتا ہے۔"

"مگر ایسی چابی ٹوٹ بھی جایا کرتی ہے۔"

خالد اور اس کا دوست باہر برآمدے میں باہم گفتگو کر رہے تھے۔

اشاعتِ اولیں۔ "ساقی"

(۲) انقلاب پسند

میری اور سلیم کی دوستی کو پانچ سال کا عرصہ گزر چکا ہے۔ اس زمانے میں ہم نے ایک ہی سکول سے دسویں جماعت کا امتحان پاس کیا، ایک ہی کالج میں داخل ہوئے اور ایک ہی ساتھ ایف اے کے امتحان میں شامل ہو کر فیل ہوئے۔ پھر پرانا کالج چھوڑ کر ایک نئے کالج میں داخل ہوئے۔۔۔۔اس سال میں تو پاس ہو گیا مگر سلیم سوئے قسمت سے پھر فیل ہو گیا۔

سلیم کی دوبارہ ناکامیابی سے لوگ یہ نتیجہ اخذ کرتے ہیں کہ وہ آوارہ مزاج اور نالائق ہے۔۔۔۔۔یہ بالکل افترا ہے۔ سلیم کا بغلی دوست ہونے کی حیثیت سے میں یہ وثوق سے کہہ سکتا ہوں کہ سلیم کا دماغ بہت روشن ہے۔ اگر وہ پڑھائی کی طرف ذرا بھی توجہ دیتا تو کوئی وجہ نہ تھی کہ وہ صوبہ بھر میں اول نہ رہتا۔ اب یہاں یہ سوال پیدا ہوتا ہے کہ اس نے پڑھائی کی طرف کیوں توجہ نہ دی؟

جہاں تک میرا ذہن کام دیتا ہے مجھے اسکی تمام تر وجہ وہ خیالات معلوم ہوتے ہیں جو ایک عرصے سے اسکے دل و دماغ پر آہستہ آہستہ چھا رہے تھے۔

دسویں جماعت اور کالج میں داخل ہوتے وقت سلیم کا دماغ ان تمام الجھنوں سے آزاد تھا جس نے اسے ان دنوں پاگل خانے کی چاردیواری میں مقید کر رکھا ہے۔ ایام کالج میں وہ دیگر طلبہ کی طرح ہر کھیل کود میں حصہ لیا کرتا تھا۔ سب لڑکوں میں ہر دلعزیز تھا مگر یکایک اسکے والد کی ناگہانی موت نے اس کے متبسم چہرے پر غم کی نقاب اوڑھا دی۔۔۔۔۔اب کھیل کود کی جگہ غور و فکر نے لے لی۔

وہ کیا خیالات تھے، جو سلیم کے مضطرب دماغ میں پیدا ہوئے؟ یہ مجھے معلوم نہیں۔ سلیم کی نفسیات کا مطالعہ کرنا بہت اہم کام ہے۔ اسکے علاوہ وہ خود اپنی دلی آواز سے ناآشنا تھا۔ اس نے کئی مرتبہ گفتگو کرتے وقت یا یونہی سیر کرتے ہوئے اچانک میرا بازو پکڑ کر کہا ہے۔ "عباس جی چاہتا ہے کہ۔۔۔۔۔۔۔۔۔۔۔۔۔۔"

"ہاں، ہاں، کیا جی چاہتا ہے" میں نے اسکی طرف تمام توجہ مبذول کر کے پوچھا ہے۔ مگر میرے اس استفسار پر اس کے چہرے کی غیر معمولی تبدیلی اور گلے میں سانس کے تصادم نے صاف طور پر ظاہر کیا ہے کہ وہ اپنے دلی مدعا کو خود نہ پہچانتے ہوئے الفاظ میں ظاہر نہیں کر سکتا۔

وہ شخص جو اپنے احساسات کو کسی شکل میں پیش کر کے دوسرے ذہن پر منتقل کر سکتا ہے وہ دراصل اپنے دل کا بوجھ ہلکا کرنے کی قدرت کا مالک ہے۔ اور وہ شخص جو محسوس کرتا ہے مگر اپنے احساس کو خود آپ اچھی طرح نہیں سمجھتا اور پھر اس اضطراب کو بیان کرنے کی قدرت نہیں رکھتا اس شخص کے مترادف ہے جو اپنے حلق میں ٹھنسی ہوئی چیز کو باہر نکالنے کی کوشش کر رہا ہے مگر وہ گلے سے نیچے اترتی جا رہی ہو۔۔۔۔۔۔ یہ ایک ذہنی عذاب ہے جس کی تفصیل لفظوں میں نہیں آسکتی۔

سلیم شروع ہی سے اپنی آواز سے ناآشنا رہا ہے اور ہوتا بھی کیونکر جب اسکے سینے میں خیالات کا ایک ہجوم چھایا رہتا تھا اور بعض اوقات ایسا بھی ہوا ہے کہ وہ بیٹھا بیٹھا اٹھ کھڑا ہوا ہے اور کمرے میں چکر لگا کر لمبے لمبے سانس بھرنے شروع کر دیے۔۔۔۔ غالباً وہ اپنے اندرونی انتشار سے تنگ آکر ان خیالات کو جو اسکے سینے میں بھاپ کے مانند چکر لگا رہے ہوتے، سانسوں کے ذریعے باہر نکالنے کا کوشاں ہوا کرتا تھا۔ اضطراب کے انہی تکلیف دہ لمحات میں اس نے اکثر اوقات مجھ سے مخاطب ہو کر کہا ہے۔ "عباس، یہ خاکی

کشتی کسی روز تند موجوں کی تاب نہ لا کر چٹانوں سے ٹکرا کر پاش پاش ہو جائے گی۔۔۔۔۔۔۔۔مجھے اندیشہ ہے کہ۔۔۔۔۔۔۔۔۔۔۔"

وہ اپنے اندیشے کو پوری طرح بیان نہیں کر سکتا تھا۔

سلیم کسی متوقع حادثے کا منتظر ضرور تھا مگر اسے یہ معلوم نہ تھا کہ وہ حادثہ کس شکل میں پردۂ ظہور پر نمودار ہو گا۔۔۔۔۔اسکی نگاہیں ایک عرصے سے دھندلے خیالات کی صورت میں ایک موہوم سایہ دیکھ رہی تھیں جو اسکی طرف بڑھتا چلا آرہا تھا، مگر وہ یہ نہیں بتا سکتا تھا کہ اس تاریک شکل کے پردے میں کیا نہاں ہے۔

میں نے سلیم کی نفسیات سمجھنے کی بہت کوشش کی ہے، مگر مجھے اسکی منقلب عادات کے ہوتے ہوئے کبھی معلوم نہیں ہو سکا کہ وہ کن گہرائیوں میں غوطہ زن ہے۔ اور اس دنیا میں رہ کر اپنے مستقبل کے لیے کیا کرنا چاہتا ہے جبکہ اپنے والد کے انتقال کے بعد وہ ہر قسم کے سرمائے سے محروم کر دیا گیا تھا۔

میں ایک عرصے سے سلیم کو منقلب ہوتے دیکھ رہا تھا اسکی عادات دن بدن بدل رہی تھیں۔۔۔۔۔کل کا کھلنڈرا لڑکا، میرا ہم جماعت ایک مفکر میں تبدیل ہو رہا تھا۔۔۔۔۔۔۔یہ تبدیلی میرے لئے سخت باعثِ حیرت تھی۔

کچھ عرصے سے سلیم کی طبعیت پر ایک غیر معمولی سکون چھا گیا تھا۔ جب دیکھو اپنے گھر میں خاموش بیٹھا ہوا ہے اور اپنے بھاری سر کو گھٹنوں میں تھامے کچھ سوچ رہا ہے۔۔۔۔۔۔وہ کیا سوچ رہا ہوتا، یہ میری طرح خود اسے بھی معلوم نہ تھا۔ ان لمحات میں میں نے اسے اکثر اوقات اپنی گرم آنکھوں پر دوات کا آہنی ڈھکنا یا گلاس کا بیرونی حصہ پھیرتے دیکھا ہے۔۔۔۔۔شاید وہ اس عمل سے اپنی آنکھوں کی حرارت کم کرنا چاہتا تھا۔

سلیم نے کالج چھوڑتے ہی غیر ملکی مصنفوں کی بھاری بھرکم تصانیف کا مطالعہ شروع کر دیا تھا۔ شروع شروع میں مجھے اسکی میز پر ایک کتاب نظر آئی۔ پھر آہستہ آہستہ اس الماری میں جس میں شطرنج، تاش اور اسی قسم کی دیگر کھیلیں رکھا کرتا تھا، کتابیں ہی کتابیں نظر آنے لگیں۔۔۔۔ اسکے علاوہ وہ کئی کئی دنوں تک گھر سے کہیں باہر چلا جایا کرتا تھا۔

جہاں تک میرا خیال ہے سلیم کی طبیعت کا غیر معمولی سکون ان کتابوں کے انتھک مطالعہ کا نتیجہ تھا جنہیں اس نے بڑے قرینے سے الماری میں سجا رکھا تھا۔

سلیم کا عزیز ترین دوست ہونے کی حیثیت میں، میں اس کی طبیعت کے غیر معمولی سکون سے سخت پریشان تھا۔ مجھے اندیشہ تھا کہ یہ سکون کسی وحشت خیز طوفان کا پیش خیمہ ہے۔ اسکے علاوہ مجھے سلیم کی صحت کا بھی بہت خیال تھا۔ وہ پہلے ہی بہت کمزور جثے کا واقع ہوا تھا، اس پر اس نے خواہ مخواہ اپنے آپ کو خدا معلوم کن کن الجھنوں میں پھنسا لیا تھا۔ سلیم کی عمر بمشکل بیس سال کی ہو گی مگر اسکی آنکھوں کے نیچے شب بیداری کی وجہ سے سیاہ حلقے پڑ گئے تھے۔ پیشانی جو اس سے قبل بالکل ہموار تھی اب اس پر کئی شکن پڑے رہتے تھے۔۔۔۔ جو اسکی ذہنی پریشانی کو ظاہر کرتے تھے۔ چہرہ جو کچھ عرصہ پہلے بہت شگفتہ ہوا کرتا تھا اب اس پر ناک اور لب کے درمیان گہری لکیریں پڑ گئی تھیں جنہوں نے سلیم کو قبل از وقت معمر بنا دیا تھا۔۔۔۔۔۔ اس غیر معمولی تبدیلی کو میں نے اپنی آنکھوں کے سامنے وقوع پذیر ہوتے دیکھا ہے۔ جو مجھے ایک شعبدے سے کم معلوم نہیں ہوتی۔۔۔۔ یہ کیا کم تعجب کی بات ہے کہ میری عمر کا لڑکا میری نظروں کے سامنے بوڑھا ہو جائے۔

سلیم پاگل خانے میں ہے۔ اس میں کوئی شک نہیں۔ مگر اسکے یہ معنی نہیں ہو سکتے

کہ وہ سڑی اور دیوانہ ہے۔ اسے غالباً اس بنا پر پاگل خانے بھیجا گیا ہے کہ وہ بازاروں میں بلند بانگ تقریریں کرتا ہے۔ راہ گزروں کو پکڑ پکڑ کر انہیں زندگی کے مشکل مسائل بتا کر جواب طلب کرتا ہے اور امراء کے حریر پوش بچوں کا لباس اتار کر ننگے بچوں کو پہنا دیتا ہے۔۔۔۔۔ ممکن ہے یہ حرکات ڈاکٹروں کے نزدیک دیوانگی کی علامتیں ہوں مگر میں تیقن کے ساتھ کہہ سکتا ہوں کہ سلیم پاگل نہیں ہے بلکہ وہ لوگ جنہوں نے اسے امنِ عامہ میں خلل ڈالنے والا تصور کرتے ہوئے آہنی سلاخوں کے پنجرے میں قید کر دیا ہے کسی دیوانے حیوان سے کم نہیں ہیں۔

اگر وہ اپنی غیر مربوط تقریر کے ذریعے لوگوں تک اپنا پیغام پہنچانا چاہتا ہے تو کیا انکا فرض نہیں ہے کہ وہ اسکے ہر لفظ کو غور سے سنیں؟

اگر وہ راہ گزاروں کے ساتھ فلسفۂ حیات پر تبادلۂ خیالات کرنا چاہتا ہے تو کیا اسکے معنی یہ لئے جائینگے کہ اسکا وجود مجلسی دائرہ کے لیے نقصان دہ ہے؟ کیا زندگی کے حقیقی معانی سے باخبر ہونا ہر انسان کا فرض نہیں ہے؟

اگر وہ متمول اشخاص کے بچوں کا لباس اتار کر غربا کے برہنہ بچوں کا تن ڈھانپتا ہے تو کیا یہ عمل ان افراد کو انکے فرائض سے آگاہ نہیں کرتا جو فلک بوس عمارتوں میں دوسرے لوگوں کے بل بوتے پر آرام کی زندگی بسر کر رہے ہیں؟ کیا ننگوں کی ستر پوشی کرنا ایسا فعل ہے کہ اسے دیوانگی پر محمول کیا جائے؟

سلیم ہر گز پاگل نہیں ہے مگر مجھے یہ تسلیم ہے کہ اسکے افکار نے اسے بیخود ضرور بنا رکھا ہے۔ دراصل وہ دنیا کو کچھ پیغام دینا چاہتا ہے مگر دے نہیں سکتا۔ ایک کم سن بچے کی طرح وہ تتلا تتلا کر اپنے قلبی احساسات بیان کرنا چاہتا ہے مگر الفاظ اسکی زبان پر آتے ہی بکھر جاتے ہیں۔

وہ اس سے قبل ذہنی اذیت میں مبتلا تھا مگر اب اسے اور اذیت میں ڈال دیا گیا ہے۔ وہ پہلے ہی سے اپنے افکار کی الجھنوں میں گرفتار ہے اور اب اسے زندان نما کوٹھڑی میں قید کر دیا گیا ہے۔ کیا یہ ظلم نہیں ہے؟

میں نے آج تک سلیم کی کوئی بھی ایسی حرکت نہیں دیکھی جس سے میں یہ نتیجہ نکال سکوں کہ وہ دیوانہ ہے ہاں البتہ کچھ عرصے سے میں اسکے ذہنی انقلابات کا مشاہدہ ضرور کرتا رہا ہوں۔

شروع شروع میں جب میں نے اسکے کمرے کے تمام فرنیچر کو اپنی اپنی جگہ سے ہٹا ہوا پایا تو میں نے اس تبدیلی کی طرف خاص توجہ نہ دی، دراصل میں نے اس وقت خیال کیا کہ شاید سلیم نے فرنیچر کی موجودہ جگہ کو زیادہ موزوں خیال کیا ہے اور حقیقت تو یہ ہے کہ میری نظروں کو جو کرسیوں اور میزوں کو کئی سالوں سے ایک جگہ دیکھنے کی عادی تھیں وہ غیر متوقع تبدیلی بہت بھلی معلم ہوئی۔

اس واقعے کے چند روز بعد جب میں کالج سے فارغ ہو کر سلیم کے کمرے میں داخل ہوا تو کیا دیکھتا ہوں کہ فلمی ممثلوں کی دو تصاویر جو ایک عرصے سے کمرے کی دیواروں پر آویزاں تھیں اور جنہیں میں نے اور سلیم نے بہت مشکل کے بعد فراہم کیا تھا باہر ٹوکری میں پھٹی پڑی ہیں اور انکی جگہ انہی چوکھٹوں میں مختلف مصنفوں کی تصویریں لٹک رہی ہیں۔۔۔۔۔ چونکہ میں خود ان تصاویر کا اتنا مشاق نہ تھا اس لئے مجھے سلیم کا یہ انتخاب بہت پسند آیا چنانچہ ہم اس روز دیر تک ان تصویروں کے متعلق گفتگو بھی کرتے رہے۔

جہاں تک مجھے یاد ہے اس واقعہ کے بعد سلیم کے کمرے میں ایک ماہ تک کوئی خاص قابلِ ذکر تبدیلی واقع نہیں ہوئی مگر اس عرصے کے بعد میں نے ایک روز اچانک کمرے میں بڑا سا تخت پڑا پایا جس پر سلیم نے کپڑا بچھا کر کتابیں چن رکھی تھیں اور آپ قریب ہی

زمین پر ایک تکیہ کا سہارا لیے کچھ لکھنے میں مصروف تھا۔ میں یہ دیکھ کر سخت متعجب ہوا اور کمرے میں داخل ہوتے ہی سلیم سے یہ سوال کیا۔ کیوں میاں، اس تخت کے کیا معانی؟

سلیم، جیسا کہ اسکی عادت تھی، مسکرایا اور کہنے لگا۔ "کرسیوں پر روزانہ بیٹھتے بیٹھتے طبیعت اکتا گئی ہے، اب یہ فرش والا سلسلہ ہی رہے گا۔"

بات معقول تھی، میں چپ رہا۔ واقعی روزانہ ایک ہی چیز کا استعمال کرتے کرتے طبیعت ضرور اچاٹ ہو جایا کرتی ہے مگر جب پندرہ بیس روز کے بعد میں نے وہ تخت مع تکیئے کے غائب پایا تو میرے تعجب کی کوئی انتہا نہ رہی اور مجھے شبہ سا ہوا کہ کہیں میرا دوست واقعی خبطی تو نہیں ہو گیا ہے۔

سلیم سخت گرم مزاج واقع ہوا ہے۔ اسکے علاوہ اسکے وزنی افکار نے اسے معمول سے زیادہ چڑچڑا بنا رکھا ہے۔ اس لئے میں عموماً اس سے ایسے سوالات نہیں کیا کرتا جو اسکے دماغی توازن کو درہم برہم کر دیں یا جس سے وہ خواہ مخواہ کھج جائے۔

فرنیچر کی تبدیلی، تصویروں کا انقلاب، تخت کی آمد اور پھر اسکا غائب ہو جانا واقعی کسی حد تک تعجب خیز ضرور ہیں اور واجب تھا کہ میں نے ان امور کی وجہ دریافت کرتا مگر چونکہ مجھے سلیم کو آزردہ خاطر کرنا اور اسکے کام میں دخل دینا منظور نہ تھا اس لیے میں خاموش رہا۔

تھوڑے عرصے کے بعد سلیم کے کمرے میں ہر دوسرے تیسرے دن کوئی نہ کوئی تبدیلی دیکھنا میرا معمول ہو گیا۔۔۔۔ اگر آج کمرے میں تخت موجود ہے تو ہفتے کے بعد وہاں سے اٹھا دیا گیا ہے۔ اسکے دو روز بعد وہ میز جو کچھ عرصہ پہلے کمرے کے دائیں طرف پڑی تھی، رات رات میں وہاں سے اٹھا کر دوسری طرف رکھ دی گئی ہے۔ انگھیٹی پر رکھی ہوئی تصاویر کے زاویے بدلے جا رہے ہیں۔ کپڑے لٹکانے کی کھونٹیاں ایک جگہ سے اکھیڑ

کر دوسری جگہ پر جڑ دی گئی ہیں۔ کرسیوں کے رخ تبدیل کئے گئے ہیں، گویا کمرے کی ہر شے سے ایک قسم کی قواعد کرائی جاتی تھی۔

ایک روز جب میں نے کمرے کے تمام فرنیچر کو مخالف رخ میں پایا تو مجھ سے رہا نہ گیا اور میں نے سلیم سے دریافت کر ہی لیا۔ "سلیم میں ایک عرصے سے اس کمرے کو گرگٹ کی طرح رنگ بدلتے دیکھ رہا ہوں، آخر بتاؤ تو سہی یہ تمہارا کوئی نیا فلسفہ ہے؟"

"تم جانتے نہیں ہو، میں انقلاب پسند ہوں۔" سلیم نے جواب دیا۔

یہ سن کر میں اور بھی متعجب ہوا۔ اگر سلیم نے یہ الفاظ اپنی حسبِ معمول مسکراہٹ کے ساتھ کہے ہوتے تو میں یقینی طور پر یہ خیال کرتا کہ وہ صرف مذاق کر رہا ہے مگر یہ جواب دیتے وقت اسکا چہرہ اس امر کا شاہد تھا کہ وہ سنجیدہ ہے اور میرے سوال کا جواب وہ انہی الفاظ میں دینا چاہتا ہے۔ لیکن پھر بھی میں تذبذب کی حالت میں تھا، چنانچہ میں نے اس سے کہا۔ "مذاق کر رہے ہو یار؟"

"تمہاری قسم بہت بڑا انقلاب پسند۔" یہ کہتے ہوئے وہ کھل کھلا کر ہنس پڑا۔

مجھے یاد ہے کہ اسکے بعد اس نے ایسی گفتگو شروع کی تھی۔ مگر ہم دونوں کسی اور موضوع پر اظہارِ خیالات کرنے لگ گئے تھے۔۔۔۔ یہ سلیم کی عادت ہے کہ وہ بہت سی باتوں کو دلچسپ گفتگو کے پردے میں چھپالیا کرتا ہے۔

ان دنوں جب کبھی میں سلیم کے جواب پر غور کرتا ہوں تو مجھے معلوم ہوتا ہے کہ سلیم درحقیقت انقلاب پسند واقع ہوا ہے۔ اسکے یہ معنی نہیں کہ وہ کسی سلطنت کا تختہ الٹنے کے درپے ہے یا دیگر انقلاب پسندوں کی طرح چوراہوں میں بمب پھینک کر دہشت پھیلانا چاہتا ہے۔ یہی وجہ ہے کہ اسکی نظریں اپنے کمرے میں پڑی ہوئی اشیاء کو ایک ہی جگہ پر نہ دیکھ سکتی تھیں۔ ممکن ہے میرا یہ قیافہ کسی حد تک غلط ہو، مگر میں یہ وثوق سے

کہہ سکتا ہوں کہ اسکی جستجو کسی ایسے انقلاب کی طرف رجوع کرتی ہے، جسکے آثار اسکے کمرے کی روزانہ تبدیلیوں سے ظاہر ہیں۔

بادی النظر میں کمرے کی اشیاء کو روز الٹ پلٹ کرتے رہنا نیم دیوانگی کے مترادف ہے۔ لیکن اگر سلیم کی ان بے معنی حرکات کا عمیق مطالعہ کیا جائے تو یہ امر روشن ہو جائیگا کہ ان کے پس پردہ ایک ایسی قوت کام کر رہی تھی جس سے وہ خود نا آشنا تھا۔۔۔۔۔۔ اسی قوت نے جسے میں ذہنی تعصب کا نام دیتا ہوں، سلیم کے دماغ میں تلاطم بپا کر دیا۔ اور اسکا نتیجہ یہ ہوا کہ وہ اس طوفان کی تاب نہ لا کر از خود رفتہ ہو گیا، اور پاگل خانے کی چار دیواری میں قید کر دیا گیا۔

پاگل خانے جانے سے کچھ روز پہلے سلیم مجھے اچانک شہر کے ایک ہوٹل میں چائے پیتا ہوا ملا۔ میں اور وہ دونوں ایک چھوٹے سے کمرے میں بیٹھ گئے۔ اس لیے کہ میں اس سے کچھ گفتگو کرنا چاہتا تھا۔ میں نے اپنے بازار کے چند دکانداروں سے سنا تھا کہ اب سلیم ہوٹلوں میں پاگلوں کی طرح تقریریں کرتا ہے۔ میں یہ چاہتا تھا کہ اسے سے فوراً مل کر اسے اس قسم کی حرکات کرنے سے منع کر دوں۔ اسکے علاوہ یہ اندیشہ تھا کہ شاید وہ کہیں سچ مچ خبط الحواس ہی نہ ہو گیا ہو۔ چونکہ میں اس سے فوراً ہی بات کرنا چاہتا تھا، اس لیے میں نے ہوٹل ہی میں گفتگو کرنا مناسب سمجھا۔

کرسی پر بیٹھتے وقت میں غور سے سلیم کے چہرے کی طرف دیکھ رہا تھا۔ وہ مجھے اسطرح گھورتے دیکھ کر سخت متعجب ہوا۔ وہ کہنے لگا۔۔۔۔۔ "شاید میں سلیم نہیں ہوں۔"

آواز میں کس قدر درد تھا۔ گو یہ جملہ آپ کی نظروں میں بالکل سادہ معلوم ہو مگر خدا گواہ ہے میری آنکھیں بے اختیار نمناک ہو گئیں۔ "شاید میں سلیم نہیں

ہوں۔"۔۔۔۔۔۔ گویا وہ ہر وقت اس بات کا متوقع تھا کہ کسی روز اسکا بہترین دوست بھی اسے نہ پہچان سکے گا۔ شاید اسے معلوم تھا کہ وہ بہت حد تک تبدیل ہو چکا ہے۔

میں نے ضبط سے کام لیا، اور اپنے آنسوؤں کو رومال میں چھپا کر اسکے کاندھے پر ہاتھ رکھتے ہوئے کہا۔

"سلیم میں نے سنا ہے کہ تم نے میرے لاہور جانے کے بعد یہاں بازاروں میں تقریریں کرنی شروع کر دی ہیں، جانتے بھی ہو، اب تمھیں شہر کا بچہ بچہ پاگل کے نام سے پکارتا ہے۔"

"پاگل، شہر کا بچہ بچہ مجھے پاگل کے نام سے پکارتا ہے۔۔۔۔۔۔پاگل۔۔۔۔۔۔ہاں عباس، میں پاگل ہوں۔۔۔۔۔۔پاگل۔۔۔۔۔دیوانہ ۔۔۔۔۔۔خرد باختہ۔۔۔۔۔۔۔لوگ مجھے دیوانہ کہتے ہیں۔۔۔۔۔۔ معلوم ہے کیوں؟"

یہاں تک کہہ کر وہ میری طرف سر تاپا استفہام بن کر دیکھنے لگا۔ مگر میری طرف سے کوئی جواب نہ پا کر وہ دوبارہ گویا ہوا۔

"اس لئے کہ میں انہیں غریبوں کے ننگے بچے دکھلا دکھلا کر یہ پوچھتا ہوں کہ اس بڑھتی ہوئی غربت کا کیا علاج ہو سکتا ہے؟ وہ مجھے کوئی جواب نہیں دے سکتے، اس لئے وہ مجھے پاگل تصور کرتے ہیں۔۔۔۔۔ آہ اگر مجھے صرف یہ معلوم ہو کہ ظلمت کے اس زمانے میں روشنی کی ایک شعاع کیونکر فراہم کی جا سکتی ہے۔ ہزاروں غریب بچوں کا تاریک مستقبل کیونکر منور بنایا جا سکتا ہے۔"

"وہ مجھے پاگل کہتے ہیں۔۔۔۔۔۔وہ جن کی نبضِ حیات دوسروں کے خون کی مرہونِ منت ہے۔ وہ جن کا فردوس غرباء کے جہنم کی مستعار اینٹوں سے استوار کیا گیا

ہے، وہ جن کے سازِ عشرت کے ہر تار کے ساتھ بیواؤں کی آہیں، یتیموں کی عریانی، لا وارث بچوں کی صدائے گریہ لپٹی ہوئی ہے۔۔۔۔۔۔۔۔ کہیں، مگر ایک زمانہ آنے والا ہے جب یہی پروردۂ غربت اپنے دلوں کے مشترکہ لہو میں انگلیاں ڈبوڈبو کر ان لوگوں کی پیشانیوں پر اپنی لعنتیں لکھیں گے۔۔۔۔وہ وقت نزدیک ہے جب ارضی جنت کے دروازے ہر شخص کے لیے واہونگے۔"

"میں پوچھتا ہوں کہ اگر میں آرام میں ہوں تو کیا وجہ ہے کہ تم تکلیف کی زندگی بسر کرو؟۔۔۔۔۔ کیا یہی انسانیت ہے کہ میں کارخانے کا مالک ہوتے ہوئے ہر شب ایک نئی رقاصہ کا ناچ دیکھتا ہوں، ہر روز کلب میں سینکڑوں روپے قمار بازی کی نذر کر دیتا ہوں، اور اپنی نکمی سے نکمی خواہش پر بے دریغ روپیہ بہا کر اپنا دل خوش کرتا ہوں، اور میرے مزدوروں کو ایک وقت کی روٹی نصیب نہیں ہوتی۔ انکے بچے مٹی کے ایک کھلونے کے لیے ترستے ہیں۔۔۔۔۔ پھر لطف یہ ہے کہ میں مہذب ہوں، میری ہر جگہ عزت کی جاتی ہے اور وہ لوگ جن کا پسینہ میرے لئے گوہر تیار کرتا ہے، مجلسی دائرے میں حقارت کی نظر سے دیکھے جاتے ہیں۔ میں خود ان سے نفرت کرتا ہوں۔۔۔۔۔۔ تم ہی بتاؤ، کیا یہ دونوں ظالم و مظلوم اپنے فرائض سے ناآشنا ہیں؟"

"میں ان دونوں کو انکے فرائض سے آگاہ کرنا چاہتا ہوں، مگر کسطرح کروں؟۔۔۔۔۔ یہ مجھے معلوم نہیں۔"

سلیم نے اس قدر کہہ کر ہانپتے ہوئے ٹھنڈی چائے کا ایک گھونٹ بھرا اور میری طرف دیکھے بغیر پھر بولنا شروع کر دیا۔

"میں پاگل نہیں ہوں۔۔۔۔۔ مجھے ایک وکیل سمجھو، بغیر کسی امید کے، جو اس چیز کی وکالت کر رہا ہے، جو بالکل گم ہو چکی ہے۔۔۔۔۔ میں ایک دبی ہوئی آواز

ہوں۔۔۔۔۔ انسانیت ایک منہ ہے اور میں ایک چیخ۔ میں اپنی آواز دوسروں تک پہنچانے کی کوشش کرتا ہوں مگر وہ میرے خیالات کے بوجھ تلے دبی ہوئی ہے۔۔۔۔۔ میں بہت کچھ کہنا چاہتا ہوں مگر اسی لئے کچھ کہہ نہیں سکتا کہ مجھے بہت کچھ کہنا ہے، میں اپنا پیغام کہاں سے شروع کروں، یہ مجھے معلوم نہیں۔ میں اپنی آواز کے بکھرے ہوئے ٹکڑے فراہم کرتا ہوں۔ ذہنی اذیت کے دھندلے غبار میں سے چند خیالات تمہید کے طور پر پیش کرنے کی سعی کرتا ہوں۔ اپنے احساسات کی عمیق گہرائیوں سے چند احساس سطح پر لاتا ہوں کہ دوسرے اذہان پر منتقل کر سکوں مگر میری آواز کے ٹکڑے پھر منتشر ہو جاتے ہیں، خیالات پھر تاریکی میں روپوش ہو جاتے ہیں۔ احساسات پھر غوطہ لگا جاتے ہیں، میں کچھ نہیں کہہ سکتا۔"

"جب میں یہ دیکھتا ہوں کہ میرے خیالات منتشر ہونے کے بعد پھر جمع ہو رہے ہیں تو جہاں کہیں میری قوتِ گویائی کام دیتی ہے میں شہر کے رؤسا سے مخاطب ہو کر یہ کہنے لگ جاتا ہوں:۔

"مرمریں محلات کے مکینو، تم اس وسیع کائنات میں صرف سورج کی روشنی دیکھتے ہو، مگر یقین جانو اسکے سائے بھی ہوتے ہیں۔۔۔۔۔۔ تم مجھے سلیم کے نام سے جانتے ہو، یہ غلطی ہے۔۔۔۔۔ میں وہ کپکپی ہوں جو ایک کنواری لڑکی کے جسم پر طاری ہوتی ہے جب وہ غربت سے تنگ آکر پہلی دفعہ ایوانِ گناہ کی طرف قدم بڑھانے لگے۔۔۔۔۔۔ آؤ ہم سب کانپیں۔"

"تم ہنستے ہو، مگر تمھیں مجھے ضرور سننا ہو گا، میں ایک غوطہ خور ہوں۔ قدرت نے مجھے تاریک سمندر کی گہرائیوں میں ڈبو دیا کہ میں کچھ ڈھونڈ کر لاؤں۔۔۔۔۔۔ میں ایک بے بہا موتی لایا ہوں، وہ سچائی ہے، اس تلاش میں میں نے غربت دیکھی ہے، گرسنگی

برداشت کی ہے۔ لوگوں کی نفرت سے دوچار ہوا ہوں۔ جاڑے میں غریبوں کی رگوں میں خون کو منجمد ہوتے دیکھا ہے، نوجوان لڑکیوں کو عشرت کدوں کی زینت بڑھاتے دیکھا ہے۔ اس لیے کہ وہ مجبور تھیں۔۔۔۔۔اب میں یہی کچھ تمھارے منہ پر قے کر دینا چاہتا ہوں کہ تمھیں تصویرِ زندگی کا تاریک پہلو نظر آجائے۔"

"انسانیت ایک دل ہے، ہر شخص کے پہلو میں ایک ہی قسم کا دل موجود ہے۔ اگر تمھارے بوٹ غریب مزدوروں کے ننگے سینوں پر ٹھوکریں لگاتے ہیں، اگر تم اپنے شہوانی جذبات کی بھڑکتی ہوئی آگ کسی ہمسایہ نادار لڑکی کی عصمت دری سے ٹھنڈی کرتے ہو، اگر تمھاری غفلت سے ہزارہا یتیم بچے گہوارۂ جہالت میں پل کر جیلوں کو آباد کرتے ہیں، اگر تمھارا دل کاجل کے مانند سیاہ ہے، تو یہ تمھارا قصور نہیں۔ ایوانِ معاشرت ہی کچھ ایسے ڈھب پر استوار کیا گیا ہے کہ اسکی ہر چھت اپنی ہمسایہ چھت کو دبائے ہوئے ہے، ہر اینٹ دوسری اینٹ کو۔"

"جانتے ہو موجودہ نظام کے کیا معنی ہیں؟۔۔۔۔۔۔یہ کہ لوگوں کے سینوں کو جہالت کدہ بنائے، انسانی تعزز کی کشتی ہوا و ہوس کی موجوں میں بہادے۔ جوان لڑکیوں کی عصمت چھین کر انہیں ایوانِ تجارت میں کھلے بندوں حسن فروشی پر مجبور کر دے۔ غریبوں کا خون چوس چوس کر انہیں جلی ہوئی راکھ کے مانند قبر کی مٹی میں یکساں کر دے۔۔۔۔۔کیا اسی کو تم تہذیب کا نام دیتے ہو۔۔۔۔۔۔بھیانک قصابی، تاریک شیطنت۔"

"آہ، اگر تم صرف وہ دیکھ سکو جسکا میں نے مشاہدہ کیا ہے۔ ایسے بہت سے لوگ ہیں جو قبر نما جھونپڑوں میں زندگی کے سانس پورے کر رہے ہیں۔ تمھاری نظروں کے سامنے ایسے افراد موجود ہیں جو موت کے منہ میں جی رہے ہیں۔ ایسی لڑکیاں ہیں جو بارہ

سال کی عمر میں عصمت فروشی شروع کرتی ہیں اور بیس سال کی عمر میں قبر کی سردی سے لپٹ جاتی ہیں۔۔۔۔۔۔مگر تم۔۔۔۔۔۔۔ہاں تم، جو اپنے لباس کی تراش کے متعلق گھنٹوں غور کرتے رہتے ہیں، یہ نہیں دیکھتے بلکہ الٹا غریبوں سے چھین کر امراء کی دولتوں میں اضافہ کرتے ہو، مزدور سے لیکر کاہل کے حوالے کر دیتے ہو۔ گوڈری پہنے انسان کا لباس اتار کر حریر پوش کے سپرد کر دیتے ہو۔"

"تم غرباء کے غیر مختتم مصائب پر ہنستے ہو۔ مگر تمھیں یہ معلوم نہیں کہ اگر درخت کا نچلا حصہ لاغر و مردہ ہو رہا ہے تو کسی روز وہ بالائی حصے کے بوجھ کو برداشت نہ کرتے ہوئے گر پڑے گا۔"

یہاں تک بول کر سلیم خاموش ہو گیا اور ٹھنڈی چائے کو آہستہ آہستہ پینے لگا۔

تقریر کے دوران میں سحر زدہ آدمی کی طرح چپ چاپ بیٹھا اس کے منہ سے نکلے ہوئے الفاظ جو بارش کی طرح برس رہے تھے، بغور سنتا رہا۔ میں سخت حیران تھا کہ وہ سلیم جو آج سے کچھ عرصہ پہلے بالکل خاموش ہوا کرتا تھا، اتنی طویل تقریر کیونکر جاری رکھ سکا ہے، اسکے خیالات کس قدر حق پر مبنی ہیں اور آواز میں کتنا اثر تھا۔ میں اسکی تقریر کے متعلق سوچ رہا تھا کہ وہ پھر بولا۔

"خاندان کے خاندان شہر کے یہ نہنگ نگل جاتے ہیں، عوام کے اخلاق قوانین سے مسخ کئے جاتے ہیں۔ لوگوں کے زخم جرمانوں سے کریدے جاتے ہیں۔ ٹیکسوں کے ذریعے دامنِ غربت کترا جاتا ہے۔ تباہ شدہ ذہنیت جہالت کی تاریکی سیاہ بنا دیتی ہے۔ ہر طرف حالتِ نزع کے سانس کی لرزاں آوازیں، عریانی، گناہ اور فریب ہے۔ مگر دعویٰ یہ ہے کہ عوام امن کی زندگی بسر کر رہے ہیں۔۔۔۔کیا اس کے معنی یہ نہیں ہیں کہ ہماری آنکھوں پر سیاہ پٹی باندھی جا رہی ہے۔ ہمارے کانوں سے پگھلا ہوا سیسہ اتارا جا رہا ہے۔

ہمارے جسم مصائب کے کوڑے سے بے حس بنائے جا رہے ہیں، کہ ہم نہ دیکھ سکیں، نہ سن سکیں اور نہ محسوس کر سکیں۔۔۔۔۔۔۔۔ انسان جنہیں بلندیوں پر پرواز کرنا تھا کیا اسکے بال و پر نوچ کر اسے زمین پر رینگنے کے لیے مجبور نہیں کیا جا رہا؟۔۔۔۔۔ کیا امراء کی نظر فریب عمارتیں مزدوروں کے گوشت پوست سے تیار نہیں کی جاتیں؟۔۔۔۔۔ کیا عوام کے مکتوبِ حیات پر جرائم کی مہر ثبت نہیں کی جاتی؟ کیا مجلسی بدن کی رگوں میں بدی کا خون موجزن نہیں ہے؟ کیا جمہور کی زندگی کشمکشِ پیہم، ان تھک محنت اور قوتِ برداشت کا مرکب نہیں ہے؟ بتاؤ، بتاؤ، بتاتے کیوں نہیں؟"

"درست ہے۔" میرے منہ سے بے اختیار نکل گیا۔

"تو پھر اسکا علاج کرنا تمھارا فرض ہے۔۔۔۔۔ کیا تم کوئی طریقہ نہیں بتا سکتے کہ اس انسانی تذلیل کو کیونکر روکا جا سکتا ہے۔۔۔۔۔ مگر آہ، تمھیں معلوم نہیں، مجھے خود معلوم نہیں۔"

تھوڑی دیر کے بعد وہ میرا ہاتھ پکڑ کر رازدارانہ لہجے میں یوں کہنے لگا۔ "عباس، عوام سخت تکلیف برداشت کر رہے ہیں، بعض اوقات جب کبھی میں کسی سوختہ حال انسان کے سینے سے آہ بلند ہوتے دیکھتا ہوں تو مجھے اندیشہ ہوتا ہے کہ کہیں شہر نہ جل جائے۔۔۔۔۔ اچھا اب میں جاتا ہوں، تم لاہور واپس کب جا رہے ہو؟"

یہ کہہ کر وہ اٹھا اور ٹوپی سنبھال کر باہر چلنے لگا۔

"ٹھہرو میں بھی تمھارے ساتھ چلتا ہوں، کہاں جاؤ گے اب؟" اسے یک لخت کہیں جانے کے لیے تیار دیکھ کر میں نے اسے فوراً ہی کہا۔

"مگر میں اکیلا ہی جانا چاہتا ہوں، کسی باغ میں جاؤں گا۔"

میں خاموش ہو گیا اور وہ ہوٹل سے نکل کر بازار کے ہجوم میں گم ہو گیا۔ اس گفتگو

کے چوتھے روز مجھے لاہور میں اطلاع ملی کہ سلیم نے میرے جانے کے بعد بازاروں میں دیوانہ وار شور برپا کرنا شروع کر دیا تھا۔ اس لیے اسے پاگل خانے میں داخل کر دیا گیا ہے۔

۲۴ مارچ ۱۹۳۵ء

اشاعتِ اولیں:۔ "علیگڑھ میگزین"

(۳) جی آیا صاحب

باورچی خانے کی دھندلی فضا میں بجلی کا ایک اندھا قمقمہ چراغِ گور کی مانند اپنی سرخ روشنی پھیلا رہا تھا۔ دھوئیں سے اٹی ہوئی دیواریں ہیبتناک دیووں کی طرح انگڑائیاں لیتی ہوئی معلوم ہو رہی تھیں۔ چبوترے پر بنی ہوئی انگیٹھیوں میں آگ کی آخری چنگاریاں ابھر ابھر کر اپنی موت کا ماتم کر رہی تھیں۔ ایک برقی چولھے پر رکھی ہوئی کیتلی کا پانی نہ معلوم کس چیز پر خاموش ہنسی ہنس رہا تھا۔ دور کونے میں، پانی کے نل کے پاس ایک چھوٹی عمر کا لڑکا بیٹھا برتن صاف کرنے میں مشغول تھا۔۔۔۔۔۔۔۔۔ یہ انسپکٹر صاحب کا نوکر تھا۔

برتن صاف کرتے وقت یہ لڑکا کچھ گنگنا رہا تھا، یہ الفاظ ایسے تھے جو اسکی زباں سے بغیر کوشش کے نکل رہے تھے۔

"جی آیا صاحب، جی آیا صاحب ۔۔۔۔۔۔۔۔۔ بس ابھی صاف ہو جاتے ہیں صاحب۔"

ابھی برتنوں کو راکھ سے صاف کرنے کے بعد انہیں پانی سے دھو کر قرینے سے رکھنا بھی تھا، اور یہ کام جلدی سے نہ ہو سکتا تھا۔ لڑکے کی آنکھیں نیند سے بند ہوئی جا رہی تھیں۔ سر سخت بھاری ہو رہا تھا مگر کام کئے بغیر آرام، یہ کیونکر ممکن تھا۔

برقی چولھا بدستور ایک شور کے ساتھ نیلے شعلوں کو اپنے حلق سے اگل رہا تھا۔ کیتلی کا پانی اسی انداز میں کھل کھلا کر ہنس رہا تھا۔

دفعتاً لڑکے نے نیند کے ناقابلِ مغلوب حملے کو محسوس کرتے ہوئے اپنے جسم کو ایک جنبش دی اور "جی آیا صاحب، جی آیا صاحب" گنگناتا ہوا پھر کام میں مشغول ہو گیا۔

دیوار گیروں پر چنے ہوئے برتن اس لڑکے کو ایک غیر مختتم ٹکٹکی لگائے دیکھ رہے تھے۔ پانی کے نل سے روزانہ ایک ہی واقعہ دیکھ قطروں کی صورت میں آنسو ٹپ ٹپ گر رہے تھے۔ بجلی کا قمقمہ حیرت سے اس لڑکے کی طرف دیکھ رہا تھا۔ کمرے کی فضا سسکیاں بھرتی ہوئی معلوم ہو رہی تھی۔

"قاسم ۔۔۔۔۔۔۔ قاسم"

"جی آیا صاحب" لڑکا جو انہی الفاظ کی گردان کر رہا تھا۔ بھاگا ہوا اپنے آقا کے پاس گیا۔

انسپکٹر صاحب نے کمبل سے منہ نکالا، اور لڑکے پر خفا ہوتے ہوئے کہا۔ "بیوقوف کے بچے، آج پھر یہاں صراحی اور گلاس رکھنا بھول گیا ہے۔"

"ابھی لایا صاحب ۔۔۔۔۔۔ ابھی لایا صاحب۔"

کمرے میں صراحی اور گلاس رکھنے کے بعد وہ ابھی برتن صاف کرنے کے لیے بیٹھا ہی تھا کہ پھر اسے کمرے سے آواز آئی۔

"قاسم ۔۔۔۔۔۔۔ قاسم"

"جی آیا صاحب" قاسم بھاگتا ہوا اپنے آقا کے پاس گیا۔

"بمبئی کا پانی کس قدر خراب ہے۔ جاؤ پارسی کے ہوٹل سے سوڈا لیکر آؤ۔ بس بھاگے ہوئے جاؤ، سخت پیاس لگ رہی ہے۔"

قاسم بھاگا ہوا گیا اور پارسی کے ہوٹل سے جو گھر سے قریباً نصف میل کے فاصلے پر واقع تھا، سوڈے کی بوتل لے آیا اور اپنے آقا کو گلاس میں ڈال کر دی۔

"اب تم جاؤ، مگر اس وقت تک کیا کر رہے ہو، برتن صاف نہیں ہوئے کیا؟"

"ابھی صاف ہو جاتے ہیں صاحب۔"

"اور ہاں، برتن صاف کرنے کے بعد میرے سیاہ بوٹ کو پالش کر دینا مگر دیکھنا احتیاط رہے، چمڑے پر کوئی خراش نہ آئے، ورنہ۔۔۔۔۔۔۔۔"

قاسم کو "ورنہ" کے بعد کا جملہ بخوبی معلوم تھا۔ "بہت اچھا صاحب" کہتے ہوئے وہ باورچی خانہ میں واپس چلا گیا، اور برتن صاف کرنا شروع کر دیے۔

اب نیند اسکی آنکھوں میں سمٹی چلی آ رہی تھی۔ پلکیں آپس میں ملی جا رہی تھیں، سر میں سیسہ اتر رہا تھا۔۔۔۔۔ یہ خیال کرتے ہوئے کہ صاحب کے بوٹ ابھی پالش کرنے ہیں۔ قاسم نے اپنے سر کو زور سے جنبش دی، اور وہی راگ الاپنا شروع کر دیا۔

"جی آیا صاحب، جی آیا صاحب۔۔۔۔۔۔۔ بوٹ ابھی صاف ہو جاتے ہیں صاحب۔"

مگر نیند کا طوفان ہزار بند باندھنے پر بھی نہ رکا۔ اب اسے محسوس ہونے لگا کہ نیند ضرور غلبہ پا کر رہے گی۔ لیکن ابھی برتنوں کو دھو کر انہیں اپنی اپنی جگہ پر رکھنا باقی تھا۔ اس وقت ایک عجیب خیال اسکے دماغ میں آیا۔ "بھاڑ میں جائیں برتن، اور چولھے میں جائیں بوٹ۔۔۔ کیوں نہ تھوڑی دیر اسی جگہ پر سو جاؤں، اور پھر چند لمحات آرام کرنے کے بعد۔۔۔۔۔۔۔۔"

اس خیال کو باغیانہ تصور کرتے ہوئے قاسم نے ترک کر دیا اور برتنوں پر جلدی جلدی راکھ ملنا شروع کر دی۔

تھوڑی دیر کے بعد جب نیند پھر غالب آئی تو اسکے جی میں آیا کہ ابلتا ہوا پانی اپنے سر پر انڈیل لے اور اسطرح اس غیر مرئی طاقت سے جو اسکے کام میں حارج ہو رہی تھی،

نجات پائے، مگر اتنا حوصلہ نہ پڑا۔

بصد مشکل منہ پر پانی کے چھینٹے مار مار کر اس نے برتنوں کو بالآخر صاف کر ہی لیا۔ یہ کام کرنے کے بعد اس نے اطمینان کا سانس لیا۔ اب وہ آرام سے سو سکتا تھا۔ اور نیند۔۔۔۔۔۔وہ نیند، جس کے لیے اسکی آنکھیں اور دماغ شدت سے انتظار کر رہے تھے، اب بالکل نزدیک تھی۔

باورچی خانے کی روشنی گل کرنے کے بعد قاسم نے باہر برآمدے میں اپنا بستر بچھایا اور لیٹ گیا۔ اور اس سے پہلے کہ نیند اسے اپنے آرام دہ بازوؤں میں تھام لے، اسکے کان "بوٹ، بوٹ" کی آوازوں سے گونج اٹھے۔

"بہت اچھا صاحب، ابھی پالش کرتا ہوں" بڑبڑاتا ہوا قاسم بستر سے اٹھا۔ جیسے اسکے آقا نے ابھی بوٹ روغن کرنے کے لیے حکم دیا ہے۔

ابھی قاسم بوٹ کا ایک پیر بھی اچھی طرح پالش کرنے نہ پایا تھا کہ نیند کے غلبے نے اسے وہیں پر سلا دیا۔

سورج کی خونیں کرنیں اس مکان کے شیشوں سے نمودار ہوئیں۔۔۔۔۔۔۔ قاسم کی کتابِ حیات میں ایک اور پُر از مشقت باب کا اضافہ ہو گیا۔

صبح جب انسپکٹر صاحب نے اپنا نوکر باہر برآمدے میں بوٹوں کے پاس سویا ہوا دیکھا تو اسے ٹھوکر مار کر جگاتے ہوئے کہا۔ "یہ سور کی طرح یہاں بیہوش پڑا ہے اور مجھے خیال تھا کہ اس نے بوٹ صاف کر لئے ہونگے۔۔۔۔۔۔۔نمک حرام۔۔۔۔۔۔ابے قاسم۔"

"جی آیا صاحب۔"

قاسم کے منہ سے اتنا ہی نکلا تھا کہ اس نے اپنے ہاتھ میں بوٹ صاف کرنے کا برش

دیکھا۔ فوراً ہی اس معاملے کو سمجھتے ہوئے اس نے لرزتی ہوئی آواز میں کہا۔

"میں سو گیا تھا صاحب، مگر۔۔۔۔مگر بوٹ ابھی پالش ہو جاتے ہیں صاحب۔۔۔۔۔۔"

یہ کہتے ہوئے اس نے جلدی جلدی بوٹ کو برش سے رگڑنا شروع کر دیا۔

بوٹ پالش کرنے کے بعد اس نے اپنا بستر تہہ کیا اور اسے اوپر کے کمرے میں رکھنے چلا گیا۔

"قاسم"

"جی آیا صاحب"

قاسم بھاگا ہوا نیچے آیا اور اپنے آقا کے پاس کھڑا ہو گیا۔

"دیکھو، آج ہمارے یہاں مہمان آئینگے۔ اس لئے باورچی خانے کے تمام برتن اچھی طرح صاف کر رکھنا۔۔۔۔۔فرش بھی دھلا ہوا ہونا چاہیئے، اسکے علاوہ تمھیں ملاقاتی کمرے کی تصویروں، میزوں اور کرسیوں کو بھی صاف کرنا ہو گا۔۔۔۔۔۔سمجھے، مگر خیال رہے میری میز پر ایک تیز دھار چاقو پڑا ہوا ہے، اسے مت چھیڑنا۔ میں اب دفتر جا رہا ہوں مگر یہ کام دو گھنٹے سے پہلے ہو جانا چاہیئے۔"

"بہت بہتر صاحب"

انسپکٹر صاحب دفتر چلے گئے۔ قاسم باورچی خانہ صاف کرنے میں مشغول ہو گیا۔

ڈیڑھ گھنٹے کی انتھک محنت کے بعد اس نے باورچی خانے کے تمام کام کو ختم کر دیا۔

اور ہاتھ پاؤں صاف کرنے کے بعد جھاڑن لیکر ملاقاتی کمرے میں چلا گیا۔

وہ ابھی کرسیوں کو جھاڑن سے صاف کر رہا تھا کہ اسکے تھکے ہوئے دماغ میں ایک تصویر سی کھچ گئی۔ کیا دیکھتا ہے کہ اسکے گرد و پیش برتن ہی برتن پڑے ہیں اور پاس ہی

راکھ کا ایک ڈھیر لگ رہا ہے۔ ہوا زوروں پر چل رہی ہے جس سے وہ راکھ اڑ اڑ کر فضا کو خاکستری بنا رہی ہے۔ یکایک اس ظلمت میں ایک سرخ آفتاب نمودار ہوا جس کی کرنیں خون آشام برچھیوں کی طرح ہر برتن کے سینے میں گھس گئیں۔ زمین خون سے شرابور ہو گئی۔۔۔۔۔۔۔فضا خوشی کے قہقہوں سے معمور ہو گئی۔

قاسم یہ منظر دیکھ کر گھبرا گیا اور اس وحشت ناک خواب سے بیدار ہو کر "جی آیا صاحب، جی آیا صاحب" کہتا ہوا پھر اپنے کام میں مشغول ہو گیا۔

تھوڑی دیر کے بعد اسکی آنکھوں کے سامنے ایک اور منظر رقص کرنے لگا۔ اب اسکے سامنے چھوٹے چھوٹے لڑکے آپس میں کوئی کھیل کھیل رہے تھے۔ دفعتاً آندھی چلنا شروع ہوئی، جسکے ساتھ ہی ایک بدنما اور بھیانک دیو نمودار ہوا، جو ان سب لڑکوں کو نگل گیا۔۔۔۔۔۔۔ قاسم نے خیال کیا کہ وہ دیو اسکے آقا کے ہم شکل تھا۔ گو قد و قامت کے لحاظ سے وہ اس سے کہیں بڑا تھا۔ اب اس دیو نے زور زور سے ڈکارنا شروع کیا۔۔۔۔ قاسم سر سے پیر تک لرز گیا۔

ابھی تمام کمرہ صاف کرنا تھا اور وقت بہت کم رہ گیا تھا۔ چنانچہ قاسم نے جلدی جلدی کرسیوں پر جھاڑن مارنا شروع کر دیا۔ ابھی وہ کرسیوں کا کام ختم کرنے کے بعد میز صاف کرنے جا رہا تھا کہ اسے یکایک خیال آیا۔ "آج مہمان آ رہے ہیں۔ خدا معلوم کتنے برتن صاف کرنے پڑیں گے اور یہ نیند کمبخت ستا رہی ہے۔۔۔۔۔۔۔ مجھ سے تو کچھ بھی نہ ہو سکے گا۔۔۔۔۔۔۔۔۔"

یہ سوچتے وقت وہ میز پر رکھی ہوئی چیزوں کو پونچھ رہا تھا کہ اچانک اسے قلمدان کے پاس ایک کھلا ہوا چاقو نظر آیا۔۔۔۔ وہی چاقو جسکے متعلق اسکے آقا نے کہا تھا کہ بہت تیز ہے۔

چاقو کا دیکھنا تھا کہ اسکی زبان پر یہ لفظ خود بخود جاری ہو گئے۔ "چاقو۔۔۔۔۔ تیز دھار چاقو۔۔۔۔۔۔یہی تمھاری مصیبت کو ختم کر سکتا ہے۔"

کچھ اور سوچے بغیر قاسم نے تیز دھار چاقو اٹھا اپنی انگلی پر پھیر لیا۔۔۔۔۔۔۔۔اب وہ شام کے وقت برتن صاف کرنے کی زحمت سے بہت دور تھا۔ اور نیند۔۔۔۔۔۔۔پیاری، پیاری نیند اب اسے بآسانی نصیب ہو سکتی تھی۔

انگلی سے خون کی سرخ دھار بہہ رہی تھی۔۔۔۔سامنے والی دوات کی سرخ روشنائی سے کہیں چمکیلی۔ قاسم اس خون کی دھار کو مسرت بھری آنکھوں سے دیکھ رہا تھا اور منہ میں یہ گنگنا رہا تھا۔ "نیند، نیند۔۔۔۔۔۔پیاری نیند۔"

تھوڑی دیر کے بعد وہ بھاگا ہوا اپنے آقا کی بیوی کے پاس گیا جو زنان خانے میں بیٹھی سلائی کر رہی تھی۔ اور اپنی زخمی انگلی دکھا کر کہنے لگا۔ "دیکھئے بی بی جی۔۔۔۔۔"

"ارے قاسم یہ تو نے کیا کیا؟۔۔۔۔۔۔ کمبخت صاحب کے چاقو کو چھیڑا ہو گا تو نے۔"

"بی بی جی۔۔۔۔۔بس میز صاف کر رہا تھا اور اس نے کاٹ کھایا۔" قاسم ہنس پڑا۔

"ابے سور اب ہنستا ہے، ادھر آ، میں اس پر کپڑا باندھ دوں۔ مگر اب بتا تو سہی، آج یہ برتن تیرا باپ صاف کرے گا؟"

قاسم اپنی فتح پر زیرِ لب مسکرا رہا تھا۔

انگلی پر پٹی بندھوا کر قاسم پھر کمرے میں آ گیا اور میز پر پڑے ہوئے خون کے دھبے صاف کرنے کے بعد خوشی خوشی اپنا کام ختم کر دیا۔

"اب اس نمک حرام باورچی کو برتن صاف کرنے ہونگے۔۔۔۔۔ضرور صاف کرنے ہونگے۔۔۔۔کیوں میاں مٹھو۔" قاسم نے انتہائی مسرت میں کھڑکی میں لٹکے

ہوئے طوطے سے دریافت کیا۔

شام کے وقت مہمان آئے اور چلے گئے۔ باورچی خانے میں صاف کرنے والے برتنوں کا ایک طومار سالگ گیا۔ انسپکٹر صاحب قاسم کی زخمی انگلی دیکھ کر بہت برسے۔ اور جی کھول کر گالیاں دیں، مگر اسے مجبور نہ کر سکے، شاید اس لیئے کہ ایک بار انکی اپنی انگلی میں قلم تراش کی نوک چبھ جانے سے بہت درد محسوس ہوا تھا۔

آقا کی خفگی آنے والی مسرت نے بھلادی اور قاسم کودتا پھاندتا ہوا اپنے بستر میں جا لیٹا۔ تین چار روز تک وہ برتن صاف کرنے کی زحمت سے بچا رہا، مگر اسکے بعد انگلی کا زخم بھر آیا۔۔۔۔۔۔اب پھر وہی مصیبت نمودار ہوگئی۔

"قاسم، صاحب کی جرابیں اور قمیص دھوڈالو۔"

"بہت اچھابی بی جی۔"

"قاسم اس کمرے کا فرش کتنا بد نما ہو رہا ہے۔ پانی لاکر ابھی صاف کرو، دیکھنا کوئی داغ دھبہ باقی نہ رہے۔"

"بہت اچھا صاحب"

"قاسم شیشے کے گلاس کتنے چکنے ہو رہے ہیں۔ انہیں نمک سے صاف کر دو۔"

"جی اچھا صاحب"

"قاسم طوطے کا پنجرہ کس قدر غلیظ ہو رہا ہے، اسے صاف کیوں نہیں کرتے۔"

"ابھی کرتا ہوں بی بی جی"

"قاسم ابھی خاکروب آتا ہے، تم پانی ڈالتے جانا، وہ سیڑھیوں کو دھوڈالے گا۔"

"بہت اچھا صاحب"

"قاسم ذرا بھاگ کر ایک آنے کا دہی تولے آنا۔"

"ابھی چلا بی بی جی۔"

پانچ چھ روز اسی قسم کے احکام سننے میں گزر گئے۔ قاسم کام کی زیادتی اور آرام کے قحط سے تنگ آ گیا۔ ہر روز اسے نصف شب تک کام کرنا پڑتا اور پھر علی الصباح چار بجے کے قریب بیدار ہو کر ناشتے کے لیے چائے تیار کرنی پڑتی۔ یہ کام قاسم کی عمر کے لڑکے کے لیے بہت زیادہ تھا۔

ایک روز انسپکٹر صاحب کی میز صاف کرتے وقت اسکے ہاتھ خود بخود چاقو کی طرف بڑھے، اور ایک لمحے کے بعد اسکی انگلی سے خون بہہ رہا تھا۔۔۔۔۔۔۔انسپکٹر صاحب اور انکی بیوی قاسم کی یہ حرکت دیکھ کر بہت خفا ہوئے۔ چنانچہ سزا کی صورت میں اسے شام کا کھانا نہ دیا گیا، مگر وہ اپنی ایجاد کردہ ترکیب کی خوشی میں مگن تھا۔۔۔۔۔۔۔ایک وقت روٹی نہ ملی۔ انگلی پر معمولی سا زخم آ گیا مگر برتنوں کا انبار صاف کرنے سے نجات مل گئی۔۔۔۔۔۔۔یہ سودا کچھ برا نہ تھا۔

چند دنوں کے بعد اسکی انگلی کا زخم ٹھیک ہو گیا، اب پھر کام کی وہی بھرمار شروع تھی۔ پندرہ بیس روز گدھوں کی سی مشقت میں گزر گئے۔ اس عرصے میں قاسم نے بارہا ارادہ کیا کہ چاقو سے پھر اپنی انگلی زخمی کر لے۔ مگر اب میز پر سے وہ چاقو اٹھا لیا گیا اور باورچی خانے والی چھری کند تھی۔

ایک روز باورچی بیمار پڑ گیا اب اسے ہر وقت باورچی خانے میں موجود رہنا پڑتا، کبھی مرچیں پیستا، کبھی آٹا گوندھتا، کبھی کوئلوں کو جلا دیتا۔ غرض صبح سے لیکر آدھی رات تک اسکے کانوں میں "ابے قاسم یہ کر، ابے قاسم وہ کر" کی صدا گونجتی رہتی۔

باورچی دو روز تک نہ آیا۔۔۔۔۔قاسم کی ننھی جان اور ہمت جواب دے گئی، مگر سوائے کام کے اور چارہ ہی کیا تھا۔

ایک روز اسکے آقا نے اسے الماری صاف کرنے کو کہا۔ جس میں ادویات کی شیشیاں اور مختلف چیزیں پڑی ہوئی تھیں۔ الماری صاف کرتے وقت اسے ڈاڑھی مونڈنے کا ایک بلیڈ نظر آیا۔ بلیڈ کو پکڑتے ہی اس نے اپنی انگلی پر پھیر لیا۔ دھار تھی بہت تیز اور باریک، انگلی میں دور تک چلی گئی، جس سے بہت بڑا زخم بن گیا۔

قاسم نے بہت کوشش کی کہ خون نکلنا بند ہو جائے مگر زخم کا منہ بڑا تھا، وہ نہ تھما۔۔۔۔۔۔ سیروں خون پانی کی طرح بہہ گیا۔ یہ دیکھ کر قاسم کا رنگ کاغذ کی مانند سپید ہو گیا۔ بھاگا ہوا اپنے آقا کی بیوی کے پاس گیا۔

"بی بی جی میری انگلی میں صاحب کا استرا لگ گیا ہے۔"

جب انسپکٹر صاحب کی بیوی نے قاسم کی انگلی کو تیسری مرتبہ زخمی دیکھا، فوراً معاملے کو سمجھ گئی۔ چپ چاپ اٹھی اور کپڑا نکال کر اسکی انگلی پر باندھ دیا اور کہا۔ "قاسم، اب تم ہمارے گھر میں نہیں رہ سکتے۔"

"وہ کیوں بی بی جی"

"یہ صاحب سے دریافت کرنا"

صاحب کا نام سنتے ہی قاسم کا رنگ اور بھی سپید ہو گیا۔ چار بجے کے قریب انسپکٹر صاحب دفتر سے گھر آئے اور اپنی بیوی سے قاسم کی نئی حرکت سن کر اسے فوراً اپنے پاس بلایا۔

"کیوں میاں، یہ انگلی کو ہر روز زخمی کرنے کے کیا معنی ہیں؟"

قاسم خاموش کھڑا رہا۔

"تم نوکر یہ سمجھتے ہو کہ ہم لوگ اندھے ہیں اور ہمیں بار بار دھوکہ دیا جا سکتا ہے۔۔۔۔۔۔ اپنا بستر بوریا دبا کر ناک کی سیدھ میں یہاں سے بھاگ جاؤ، ہمیں تمھارے جیسے نوکروں کی ضرورت نہیں۔۔۔۔۔۔ سمجھے۔"

"مگر۔۔۔۔۔۔۔۔ مگر صاحب"

"صاحب کا بچہ۔۔۔۔۔۔۔۔ بھاگ جا یہاں سے، تیری بقایا تنخواہ کا ایک پیسہ بھی نہیں دیا جائے گا۔۔۔۔۔۔۔۔ اب میں اور کچھ نہیں سننا چاہتا۔"

قاسم روتا ہوا کمرے سے باہر چلا گیا۔ طوطے کی طرف حسرت بھری نگاہوں سے دیکھا۔ طوطے نے بھی خاموشی میں اس سے کچھ کہا اور اپنا بستر لیکر وہ سیڑھیوں سے نیچے اتر گیا۔ مگر دفعتاً کچھ خیال آیا اور بھاگا ہوا اپنے آقا کی بیوی کے پاس گیا اور درد انگیز آواز میں اتنا کہہ کر "سلام بی بی جی۔۔۔۔۔۔ میں ہمیشہ کے لیے آپ سے رخصت ہو رہا ہوں" وہاں سے رخصت ہو گیا۔

خیراتی ہسپتال میں ایک نوخیز لڑکا درد کی شدت سے لوہے کے پلنگ پر کروٹیں بدل رہا ہے۔ پاس ہی دو ڈاکٹر بیٹھے ہیں۔

ان میں سے ایک ڈاکٹر اپنے ساتھی سے مخاطب ہوا۔ "زخم خطرناک صورت اختیار کر گیا ہے۔۔۔۔۔۔۔۔ ہاتھ کاٹنا پڑے گا۔"

"بہت بہتر۔"

یہ کہتے ہوئے دوسرے ڈاکٹر نے اپنی نوٹ بُک میں اس مریض کا نام درج کیا۔۔۔۔۔۔۔ ایک چوبی تختے پر جو چارپائی کے سرہانے لٹکا ہوا تھا، مندرجہ ذیل الفاظ لکھے تھے۔

نام: محمد قاسم ولد عبدالرحمٰن (مرحوم)

عمر: دس سال

(۴) ماہی گیر

(فرانسیسی شاعر وکٹر ہیوگو کی ایک نظم کے تاثرات)

سمندر رو رہا تھا۔

مقید لہریں پتھریلے ساحل کے ساتھ ٹکرا ٹکرا کر آہ و زاری کر رہی تھیں۔ دور۔۔۔۔۔پانی کی رقصاں سطح پر چند کشتیاں اپنے دھندلے اور کمزور بادبانوں کے سہارے بے پناہ سردی سے ٹھٹھری ہوئی کانپ رہی تھیں۔ آسمان کی نیلی قبا میں چاند کھل کھلا کر ہنس رہا تھا۔ ستاروں کا کھیت اپنے پورے جوبن میں لہلہا رہا تھا۔۔۔۔۔فضا سمندر کے نمکین پانی کی تیز بو میں بسی ہوئی تھی۔

ساحل سے کچھ فاصلے پر چند شکستہ جھونپڑیاں خاموش زبان میں ایک دوسرے سے اپنی خستہ حالی کا تذکرہ کر رہی تھیں۔۔۔۔۔۔یہ ماہی گیروں کے سر چھپانے کی جگہ تھی۔

ایک جھونپڑی کا دروازہ کھلا تھا جس میں چاند کی آوارہ شعاعیں زمین پر رینگ رینگ کر اسکی کاجل ایسی فضا کو نیم روشن کر رہی تھیں۔ اس اندھی روشنی میں دیوار پر ماہی گیر کا جال نظر آ رہا تھا اور ایک چوبی تختے پر چند تھالیاں جھلملا رہی تھیں۔

جھونپڑی کے کونے میں ایک ٹوٹی ہوئی چارپائی، تاریک چادروں میں ملبوس اندھیرے میں سر نکالے ہوئے تھی۔ اس کے پہلو میں پھٹے ہوئے ٹاٹ پر پانچ بچے محوِ خواب تھے۔۔۔۔۔۔ننھی روحوں کا ایک گھونسلا جو خوابوں سے تھر تھرا رہا تھا۔ پاس ہی

انکی ماں نہ معلوم کن خیالات میں مستغرق گھٹنوں کے بل بیٹھی گنگنارہی تھی۔

یکایک وہ لہروں کا شور سن کر چونکی۔۔۔۔بوڑھا سمندر کسی آنیوالے خطرے سے آگاہ، سیاہ چٹانوں، تند ہواؤں اور نصف شب کی تاریکی کو مخاطب کر کے گلا پھاڑ پھاڑ کر چلا رہا تھا۔ وہ اٹھی اور بچوں کے پاس جاکر ہر ایک کی پیشانی پر اپنے سرد لبوں سے بوسہ دیا اور وہیں ٹاٹ کے ایک کونے میں بیٹھ کر دعا مانگنے لگی۔ لہروں کے شور میں یہ الفاظ بخوبی سنائی دے رہے تھے۔

"اے خدا۔۔۔۔اے بیکسوں اور غریبوں کے خدا، ان بچوں کا واحد سہارا، رات کا کفن اوڑھے سمندر کی لہروں کے ساتھ کھیل رہا ہے۔۔۔۔۔۔۔موت کے عمیق گڑھے پر پاؤں لٹکائے ہے۔۔۔۔۔صرف انکی خاطر وہ ہر روز اس دیو کے ساتھ کُشتی لڑتا ہے۔۔۔۔۔۔اے خدا تو اسکی جان حفاظت میں رکھیو۔۔۔۔۔۔آہ، اگر یہ صرف نوجوان ہوتے، اگر یہ صرف اپنے والد کی مدد کرسکتے۔"

یہ کہکر خدا معلوم اسے کیا خیال آیا کہ وہ سر سے پیر تک کانپ گئی۔ اور ٹھنڈی آہ بھر کر تھرتھراتی ہوئی آواز میں کہنے لگی۔ "بڑے ہو کر انکا بھی یہی شغل ہو گا، پھر مجھے چھ جانوں کا خدشہ لاحق رہے گا۔۔۔۔۔آہ کچھ سمجھ میں نہیں آتا۔ غربت، غربت۔"

یہ کہتے ہوئے وہ اپنی غربت اور تنگ دامانی کے خیالات میں غرق ہو گئی۔ دفعتاً وہ اس اندھیرے خواب سے بیدار ہوئی اور اسکے دماغ میں ہوٹلوں کی دیو قامت عمارتیں اور امراء کے راحت کدوں کی تصویریں کھچ گئیں۔ ان عمارتوں کی دلفریب راحتوں اور امراء کی تعیش پرستیوں کا خیال آتے ہی اسکے دل پر ایک دھند سی چھاگئی۔ کلیجے پر کسی غیر مرئی ہاتھ کی گرفت محسوس کر کے وہ جلدی سے اٹھی اور دروازے سے تاریکی میں آوارہ نظروں سے دیکھنا شروع کیا۔

اسکی یہ حرکت خیالات کی آمد کو نہ روک سکی۔ وہ سخت حیران تھی کہ لوگ امیر اور غریب کیوں ہوتے ہیں جبکہ ہر انسان ایک ہی طرح ماں کے پیٹ سے پیدا ہوتا ہے۔ اس سوال کے حل کے لیے اس نے اپنے دماغ پر بہت زور دیا مگر کوئی خاطر خواہ جواب نہ مل سکا۔ ایک اور چیز جو اسے پریشان کر رہی تھی وہ یہ تھی کہ جب اسکا خاوند اپنی جان پر کھیل کر سمندر کی گود سے مچھلیاں چھین کر لاتا ہے تو کیا وجہ ہے کہ مارکیٹ کا مالک بغیر محنت کئے ہر روز سینکڑوں روپے پیدا کر لیتا ہے۔ اسے یہ بات خاص طور پر عجیب سی معلوم ہوئی کہ محنت تو کریں ماہی گیر اور نفع ہو مارکیٹ کے مالک کو۔ رات بھر اسکا خاوند اپنا خون پسینہ ایک کر دے اور صبح کے وقت آدھی کمائی اسکی بڑی توند میں چلی جائے۔۔۔۔۔۔۔۔ان تمام سوالوں کا کچھ جواب نہ پا کر وہ ہنس پڑی اور بلند آواز میں کہنے لگی۔

"مجھ کم عقل کو بھلا کیا معلوم۔ یہ سب کچھ خدا جانتا ہے مگر۔۔۔۔۔۔۔۔"

اسکے بعد وہ کچھ کہنے والی تھی کہ کانپ اٹھی۔ "اے خدا میں گنہگار ہوں، تو جو کرتا ہے، بہتر کرتا ہے۔۔۔۔۔ایسا خیال کرنا کفر ہے۔"

یہ کہتی ہوئی وہ خاموشی سے اپنے بچوں کے پاس آکر بیٹھ گئی اور انکے معصوم چہروں کی طرف دیکھکر بے اختیار رونا شروع کر دیا۔

باہر آسمان پر کالے بادل مہیب ڈائنوں کی صورت میں اپنے سیاہ بال پریشان کئے چکر کاٹ رہے تھے۔ کبھی کبھی اگر کوئی بادل کا ٹکڑا چاند کے درخشاں رخسار پر اپنی سیاہی مل دیتا تو فضا پر قبر کی تاریکی چھا جاتی۔ سمندر کی سیمیں لہریں گہرے رنگ کی چادر اوڑھ لیتیں اور کشتیوں کے مستولوں پر ٹمٹماتی ہوئی روشنیاں اس اچانک تبدیلی کو دیکھ کر آنکھیں جھپکنا شروع کر دیتیں۔

ماہی گیر کی بیوی نے اپنے میلے آنچل سے آنسو خشک کئے اور دروازے کے پاس کھڑی ہو کر دیکھنے لگی کہ آیا دن طلوع ہوا ہے یا نہیں۔ کیونکہ اس کا خاوند طلوع کی پہلی کرن کے ساتھ ہی گھر واپس آجایا کرتا تھا مگر صبح کا ایک سانس بھی بیدار نہ ہوا تھا۔ سمندر کی تاریک سطح پر روشنی کی ایک دھاری بھی نظر نہ آرہی تھی۔ بارش کاجل کی طرح تمام فضا پر برس رہی تھی۔

وہ بہت دیر تک دروازے کے پاس کھڑی اپنے خاوند کے خیال میں مستغرق رہی۔ جو اس بارش میں سمندر کی تند موجوں کے مقابلے میں لکڑی کے ایک معمولی تختے اور کمزور بادبان سے مسلح تھا۔ وہ ابھی اسکی عافیت کے لیے دعا مانگ رہی تھی کہ یکایک اس کی نگاہیں اندھیرے میں ایک شکستہ جھونپڑی کی طرف اٹھیں، جو تاروں سے محروم آسمان کی طرف ہاتھ پھیلائے لرز رہی تھی۔

اس جھونپڑی میں روشنی کا نام تک نہ تھا۔ کمزور دروازہ کسی نامعلوم خوف کی وجہ سے کانپ رہا تھا۔ تنکوں کی چھت ہوا کے دباؤ تلے دوہری ہو رہی تھی۔

"آہ، خدا معلوم بیچاری بیوہ کا کیا حال ہے۔۔۔۔۔اسے کئی روز سے بخار آرہا ہے۔۔۔۔۔۔۔" ماہی گیر کی بیوی زیرِ لب بڑبڑائی اور یہ خیال کرتے ہوئے کہ شاید کسی روز وہ بھی اپنے خاوند سے محروم ہو جائے۔۔۔۔۔۔کانپ اٹھی۔

وہ شکستہ جھونپڑی ایک بیوہ کی تھی جو اپنے دو کم سن بچوں سمیت روٹی کے قحط میں موت کی گھڑیاں کاٹ رہی تھی۔ مصیبت کی چلچلتی ہوئی دھوپ میں اس پر کوئی سایہ کرنے والا نہ تھا۔ رہا سہا سہارا دو ننھے بچے تھے جو ابھی مشکل سے چل پھر سکتے تھے۔

ماہی گیر کی بیوی کے دل میں ہمدردی کا جذبہ امڈا۔ بارش کے بچاؤ کے لیے سر پر ٹاٹ کا ایک ٹکڑا رکھ کر اور ایک اندھی لالٹین روشن کرنے کے بعد وہ جھونپڑی کے پاس پہنچی

اور دھڑکتے ہوئے دل سے دروازے پر دستک دی۔۔۔۔۔لہروں کا شور اور تیز ہواؤں کی چیخ پکار اس دستک کا جواب تھے، وہ کانپی اور خیال کیا کہ شاید اسکی اچھی ہمسائی گہری نیند سو رہی ہے۔

اس نے ایک بار پھر آواز دی، دروازہ کھٹکھٹایا مگر جواب پھر خاموشی تھا۔۔۔۔۔کوئی صدا، کوئی جواب اس جھونپڑی کے بوسیدہ لبوں سے نمودار نہ ہوا۔ یکایک دروازہ، جیسے اس بے جان چیز نے رحم کی لہر محسوس کی، متحرک ہوا اور کھل گیا۔

ماہی گیر کی بیوی جھونپڑی کے اندر داخل ہوئی اور اس خاموش قبر کو اپنی اندھی لالٹین سے روشن کر دیا، جس میں لہروں کے شور کے سوا مکمل سکوت طاری تھا۔ پتلی چھت سے بارش کے قطرے بڑے بڑے آنسوؤں کی صورت میں سیاہ زمین کو تر کر رہے تھے۔۔۔۔۔۔۔۔فضا میں ایک مہیب خوف سانس لے رہا تھا۔

ماہی گیر کی بیوی اس خوفناک سماں کو دیکھ کر جو جھونپڑی میں سمٹا ہوا تھا سر تا پا ارتعاش بن کر رہ گئی۔ آنکھوں میں گرم گرم آنسو چھلکے اور بے اختیار اچھل کر بارش کے ٹپکے ہوئے قطروں کے ساتھ ہم آغوش ہو گئے۔ اس نے ایک سرد آہ بھری اور دردناک آواز میں کہنے لگی۔

"آہ۔۔۔۔۔تو ان بوسوں کا جو جسم کو راحت بخشتے ہیں، ماں کی محبت، گیت، تبسم، ہنسی اور ناچ کا ایک ہی انجام ہے۔۔۔۔۔۔۔یعنی قبر۔۔۔۔۔۔آہ میرے خدا۔"

اسکے سامنے پھوس کے بستر پر بیوہ کی سرد لاش اکڑی ہوئی تھی اور اسکے پہلو میں دو بچے محو خواب تھے۔ لاش کے سینے میں ایک آہ کچھ کہنے کو رکی ہوئی تھی۔ اسکی پتھرائی ہوئی آنکھیں جھونپڑی کی خستہ چھت کو چیر کر تاریک آسمان کی طرف ٹکٹکی لگائے دیکھ رہی تھیں، جیسے انہیں کچھ پیغام دینا ہے۔

ماہی گیر کی بیوی اس وحشت خیز منظر کو دیکھ کر چلا اٹھی۔ تھوڑی دیر دیوانہ وار ادھر ادھر گھومی۔ یکا یک اسکی نمناک آنکھوں میں ایک چمک پیدا ہوئی، اور اس نے لپک کر لاش کے پہلو سے کچھ چیز اٹھا کر اپنی چادر میں لپیٹ لی اور اس دار الخطر سے لڑکھڑاتی ہوئی اپنی جھونپڑی میں چلی آئی۔

چہرے کے بدلے ہوئے رنگ اور لرزاں ہاتھوں سے اس نے اپنی جھولی کو میلے بستر پر خالی کر دیا اور اس پر پھٹی ہوئی چادر ڈال دی۔ تھوڑی دیر بیوہ سے چھینی ہوئی چیز کی طرف دیکھ کر وہ اپنے بچوں کے پاس زمین پر بیٹھ گئی۔

مطلع سمندر کے افق پر سپید ہو رہا تھا۔ سورج کی دھندلی شعاعیں تاریکی کا تعاقب کر رہی تھیں۔ ماہی گیر کی بیوی بیٹھی اپنے احساسِ جرم کے شکستہ تار چھیڑ رہی تھی۔ ان غیر مربوط الفاظ کے ساتھ کن سُری لہریں اپنی مغموم تانیں چھیڑ رہی تھیں۔

"آہ میں نے بہت برا کیا۔ اب اگر وہ مجھے مارے تو مجھے کوئی شکایت نہ ہوگی۔۔۔۔۔یہ بھی عجیب ہے کہ میں اس سے خائف ہوں جس سے محبت کرتی ہوں۔۔۔۔۔کیا واپس چھوڑ آؤں۔۔۔۔۔نہیں۔۔۔۔۔شاید وہ مجھے معاف کر دے۔"

وہ اسی قسم کے خیالات میں غلطاں و پیچاں بیٹھی ہوئی تھی کہ ہوا کے زور سے دروازہ ہلا۔ یہ دیکھ کر اس کا کلیجہ دھک سے رہ گیا، وہ اٹھی اور کسی کو نہ پا کر وہیں متفکر بیٹھ گئی۔

"ابھی نہیں۔۔۔۔۔بیچارہ۔۔۔۔۔۔اسے ان بچوں کے لیے کتنی تکلیف اٹھانی پڑتی ہے۔ اکیلے آدمی کو سات پیٹ پالنے پڑتے ہیں۔۔۔۔۔۔مگر یہ شور کیا ہے؟"

یہ آواز چیختی ہوئی ہوا کی تھی جو جھونپڑی کے ساتھ رگڑ کر گزر رہی تھی۔

"اسکے قدموں کی چاپ۔۔۔۔۔۔۔۔۔ آہ نہیں ہوا ہے۔" یہ کہہ کر وہ پھر اپنے اندرونی غم میں ڈوب گئی۔ اب اسکے کانوں میں ہواؤں اور لہروں کا شور مفقود ہو گیا۔۔۔۔۔۔۔۔۔ سینے میں خیالات کے تصادم کا کیا کم شور تھا۔

آبی جانور ساحل کے آس پاس چلا رہے تھے۔ پانی میں گھسے ہوئے سنگریزے ایک دوسرے سے ٹکرا کر کھنکھنا رہے تھے۔ کشتی کے چپوؤں کی آواز صبح کی خاموش فضا کو مرتعش کر رہی تھی۔۔۔۔۔۔۔ ماہی گیر کی بیوی کشتی کی آمد سے بے خبر اپنے خیالات میں کھوئی ہوئی تھی۔

دفعتاً دروازہ ایک شور کے ساتھ کھلا۔۔۔۔۔۔ صبح کی دھندلی شعاعیں جھونپڑی میں تیرتی ہوئی داخل ہوئیں، ساتھ ہی ماہی گیر کاندھوں پر ایک بڑا سا جال ڈالے دہلیز پر نمودار ہوا۔

اسکے کپڑے رات کی بارش اور سمندر کے نمکین پانی سے شرابور ہو رہے تھے۔ آنکھیں شب بیداری کی وجہ سے اندر کو دھنسی ہوئی تھیں۔ جسم سردی اور غیر معمولی مشقت سے اکڑا ہوا تھا۔

"نسیم کے ابا، تم ہو۔" ماہی گیر کی بیوی چونک اٹھی اور عاشقانہ بیتابی سے اپنے خاوند کو چھاتی سے لگالیا۔

"ہاں میں ہوں پیاری"

یہ کہتے ہوئے ماہی گیر کے کشادہ مگر مغموم چہرے پر مسرت کی ایک دھندلی روشنی چھاگئی۔ وہ مسکرایا۔۔۔۔۔۔ بیوی کی محبت نے اسکے دل سے رات کی کلفت کا خیال محو کر دیا۔

"موسم کیسا تھا؟" بیوی نے محبت بھرے لہجے میں دریافت کیا۔

"تُند"

"مچھلیاں ہاتھ آئیں؟"

"بہت کم۔۔۔۔۔ آج رات تو سمندر قزاقوں کے گروہ کی مانند تھا۔"

یہ سن کر اسکی بیوی کے چہرے پر مردنی چھاگئی۔ ماہی گیر نے اسے مغموم دیکھا اور مسکرا کر بولا۔

"تو میرے پہلو میں ہے۔۔۔۔۔ میرا دل خوش ہے۔"

"ہوا تو بہت تیز ہوگی؟"

"بہت تیز، معلوم ہو رہا تھا کہ دنیا کہ تمام شیطان مل کر اپنے منحوس پر پھڑ پھڑا رہے ہیں۔ جال ٹوٹ گیا۔ رسیاں کٹ گئیں اور کشتی کا منہ بھی ٹوٹتے ٹوٹتے بچا۔" پھر اس گفتگو کا رخ بدلتے ہوئے بولا۔ "مگر تم شب بھر کیا کرتی رہی ہو پیاری؟"

بیوی کسی چیز کا خیال کر کے کانپی اور لرزاں آواز میں جواب دیا۔ "میں۔۔۔۔۔ آہ کچھ بھی نہیں۔۔۔۔۔ سیتی پروتی رہی، تمھاری راہ تکتی رہی۔۔۔۔۔ لہریں بجلی کی طرح کڑک رہی تھیں، مجھے سخت ڈر لگ رہا تھا۔"

"ڈر۔۔۔۔۔ ہم لوگوں کو ڈر کس بات کا۔۔۔۔۔۔۔۔"

"اور ہاں، ہماری ہمسایہ بیوہ مر گئی ہے۔" بیوی نے اپنے خاوند کی بات کاٹتے ہوئے کہا۔

ماہی گیر نے یہ دردناک خبر سنی مگر اسے کچھ تعجب نہ ہوا۔ شاید اس لیے کہ وہ ہر گھڑی اس عورت کی موت کی خبر سننے کا متوقع تھا۔ اس نے آہ بھری اور صرف اتنا کہا۔

"بیچاری سدھار گئی ہے۔"

"ہاں اور دو بچے چھوڑ گئی ہے جو لاش کے پہلو میں لیٹے ہوئے ہیں۔"

یہ سن کر ماہی گیر کا جسم زور سے کانپا اور اسکی صورت سنجیدہ و متفکر ہو گئی۔ ایک کونے میں اپنی اونی ٹوپی، جو پانی سے بھیگ رہی تھی، پھینک کر سر کھجلایا اور کچھ دیر خاموش رہنے کے بعد اپنے آپ سے بولا۔

"پانچ بچے تھے، اب سات ہو گئے ہیں۔۔۔۔۔۔ اس سے پیشتر ہی اس تُند موسم میں ہمیں دو وقت کا کھانا نصیب نہیں ہوتا تھا۔ اب مگر خیر۔۔۔۔ یہ میرا قصور نہیں۔ اس قسم کے حوادث بہت گہرے معانی رکھتے ہیں۔"

وہ کچھ عرصے تک اسی طرح اپنا سر گھٹنوں میں دبائے سوچتا رہا۔ اسے یہ سمجھ نہ آتا تھا کہ خدا نے ان بچوں سے جو اسکی مٹھی کے برابر بھی نہیں ہیں، ماں کیوں چھین لی ہے؟۔۔۔۔۔۔۔۔ ان بچوں سے جو نہ کام کر سکتے ہیں اور نہ ہی کسی چیز کی خواہش ہی کر سکتے ہیں۔۔۔۔۔ اسکا دماغ ان سوالوں کا کوئی حل نہ پیش کر سکا۔ وہ بڑبڑاتا ہوا اٹھا۔

"شاید ایسی چیزوں کو ایک پڑھا لکھا ہی سمجھ سکتا ہے۔" اور پھر اپنی بیوی سے مخاطب ہو کر بولا۔ "پیاری جاؤ انہیں یہاں لے آؤ۔ وہ کس قدر وحشت زدہ ہونگے اگر وہ صبح اپنی ماں کی لاش کے پاس بیدار ہوئے۔۔۔۔۔۔ انکی ماں کی روح سخت بے قرار ہو گی، جاؤ انھیں ابھی لیکر آؤ۔"

یہ کہہ کر وہ سوچنے لگا کہ وہ ان بچوں کو اپنی اولاد کی طرح پالے گا۔ وہ بڑے ہو کر اسکے گھٹنوں پر چڑھنا سیکھ جائینگے۔ خدا ان اجنبیوں کو جھونپڑی میں دیکھ کر بہت خوش ہو گا اور انھیں زیادہ کھانے کو عطا کرے گا۔

"تمھیں فکر نہیں کرنی چاہیئے پیاری۔۔۔۔۔۔ میں زیادہ محنت سے کام کروں گا۔" اور پھر اپنی بیوی کو چارپائی کی طرف روانہ ہوتے دیکھ کر بلند آواز میں کہنے لگا۔ "مگر تم سوچ کیا رہی ہو۔۔۔۔۔۔ اس دھیمی چال سے نہیں چلنا چاہیئے تمھیں۔"

ماہی گیر کی بیوی نے چارپائی کے پاس پہنچ کر چادر کو الٹ دیا۔

"وہ تو یہ ہیں۔"

دو بچے صبح کی طرح مسکرا رہے تھے۔

یکم فروری ۱۹۳۵ء

(۵) تماشا

دو تین روز سے طیارے سیاہ عقابوں کی طرح پر پھیلائے خاموش فضا میں منڈلا رہے تھے جیسے وہ کسی شکار کی جستجو میں ہوں۔ سرخ آندھیاں وقتاً فوقتاً کسی آنیوالے خونی حادثہ کا پیغام لا رہی تھیں۔ سنسان بازاروں میں مسلح پولیس کی گشت ایک عجیب ہولناک سماں پیش کر رہی تھی۔ وہ بازار جو صبح سے کچھ عرصہ پہلے لوگوں کے ہجوم سے پر ہوا کرتے تھے اب کسی نہ معلوم خوف کی وجہ سے سُونے پڑے تھے۔۔۔۔۔۔۔ شہر کی فضا پر ایک پر اسرار خاموشی مسلط تھی۔ بھیانک خوف راج کر رہا تھا۔

خالد گھر کی خاموش و پر سکون فضا سے سہما ہوا اپنے والد کے قریب بیٹھا باتیں کر رہا تھا۔

"ابا، آپ مجھے سکول کیوں نہیں جانے دیتے؟"

"بیٹا، آج سکول میں چھٹی ہے۔"

"ماسٹر صاحب نے تو ہمیں بتایا ہی نہیں۔ وہ تو کل کہہ رہے تھے کہ جو لڑکا آج سکول کا کام ختم کر کے اپنی کاپی نہ دکھائے گا، اسے سخت سزا دی جائیگی۔"

"وہ اطلاع دینی بھول گئے ہونگے۔"

"آپ کے دفتر میں بھی چھٹی ہے۔"

"ہاں ہمارا دفتر بھی آج بند ہے۔"

"چلو اچھا ہوا۔۔۔۔۔۔ آج میں آپ سے کوئی اچھی سی کہانی سنوں گا۔"

یہ باتیں ہو رہی تھیں کہ تین چار طیارے چیختے ہوئے انکے سر پر سے گزر گئے۔ خالد انکو دیکھ کر بہت خوفزدہ ہوا، وہ تین چار روز سے ان طیاروں کی پرواز کو بغور دیکھ رہا تھا مگر کسی نتیجے پر نہ پہنچ سکا تھا۔ وہ حیران تھا کہ یہ جہاز سارا دن دھوپ میں کیوں چکر لگاتے رہتے ہیں۔ وہ انکی روزانہ نقل و حرکت سے تنگ آکر بولا۔

"ابا، مجھے ان جہازوں سے سخت خوف معلوم ہو رہا ہے۔ آپ انکے چلانے والوں سے کہدیں کہ وہ ہمارے گھر پر سے نہ گزرا کریں۔"

"خوف۔۔۔۔ کہیں پاگل تو نہیں ہو گئے خالد۔"

"ابا، یہ جہاز بہت خوفناک ہیں۔ آپ نہیں جانتے یہ کسی نہ کسی روز ہمارے گھر پر گولہ پھینک دیں گے۔۔۔۔۔۔۔ کل صبح ماما امی جان سے کہہ رہی تھی کہ ان جہاز والوں کے پاس بہت سے گولے ہیں۔ اگر انہوں نے اس قسم کی کوئی شرارت کی تو یاد رکھیں میرے پاس بھی ایک بندوق ہے۔۔۔۔۔۔۔ وہی جو آپ نے پچھلی عید پر مجھے دی تھی۔"

خالد کا باپ اپنے لڑکے کی غیر معمولی جسارت پر ہنسا۔ "ماما تو پاگل ہے، میں اس سے دریافت کرونگا کہ وہ گھر میں ایسی باتیں کیوں کیا کرتی ہے۔۔۔۔۔۔ اطمینان رکھو، وہ ایسی بات ہرگز نہیں کرینگے۔"

اپنے والد سے رخصت ہو کر خالد اپنے کمرے میں چلا گیا اور ہوائی بندوق نکال کر نشانہ لگانے کی مشق کرنے لگا تا کہ اس روز جب ہوائی جہاز والے گولے پھینکیں تو اسکا نشانہ خطا نہ جائے اور وہ پوری طرح انتقام لے سکے۔۔۔۔۔۔۔۔۔ کاش انتقام کا یہی ننھا جذبہ ہر شخص میں تقسیم ہو جائے۔

اسی عرصہ میں جبکہ ایک ننھا سا بچہ اپنے انتقام لینے کی فکر میں ڈوبا ہوا طرح طرح کے منصوبے باندھ رہا تھا، گھر کے دوسرے حصے میں خالد کا باپ اپنی بیوی کے پاس بیٹھا

ہوا ماما کو ہدایت کر رہا تھا کہ وہ آئندہ گھر میں اس قسم کی کوئی بات نہ کرے جس سے خالد کو دہشت ہو۔

ماما اور بیوی کو اسی قسم کی مزید ہدایات دیکر وہ ابھی بڑے دروازے سے باہر جا رہا تھا کہ خادم ایک دہشتناک خبر لایا کہ شہر کے لوگ بادشاہ کے منع کرنے پر بھی شام کے قریب ایک عام جلسہ کرنے والے ہیں اور یہ توقع کی جاتی ہے کہ کوئی نہ کوئی واقع ضرور پیش آ کر رہے گا۔

خالد کا باپ یہ خبر سن کر بہت خوفزدہ ہوا، اب اسے یقین ہو گیا کہ فضا کا غیر معمولی سکون، طیاروں کی پرواز، بازاروں میں مسلح پولیس کی گشت، لوگوں کے چہروں پر اداسی کا عالم اور خوفناک آندھیوں کی آمد کسی خوفناک حادثہ کی پیش خیمہ تھے۔

وہ حادثہ کس نوعیت کا ہو گا؟--------یہ خالد کے باپ کی طرح کسی کو بھی معلوم نہ تھا مگر پھر بھی سارا شہر کسی نامعلوم خوف میں لپٹا ہوا تھا۔

باہر جانے کے خیال کو ملتوی کر کے خالد کا باپ ابھی کپڑے تبدیل کرنے بھی نہ پایا تھا کہ طیاروں کا شور بلند ہوا وہ سہم گیا۔ اسے ایسا معلوم ہوا جیسے سینکڑوں انسان ہم آہنگ آواز میں درد کی شدت سے کراہ رہے ہیں۔

خالد طیاروں کا شور و غل سن کر اپنی ہوائی بندوق سنبھالتا ہوا کمرے سے باہر دوڑا آیا اور انہیں غور سے دیکھنے لگا تا کہ وہ جس وقت گولہ پھینکنے لگیں تو وہ اپنی بندوق کی مدد سے انہیں نیچے گرا دے۔ اس وقت چھ سال کے بچے کے چہرے پر آہنی ارادہ و استقلال کے آثار نمایاں تھے جو کم حقیقت بندوق کا کھلونا ہاتھ میں تھامے ایک جری سپاہی کو شرمندہ کر رہا تھا۔ معلوم ہوتا تھ کہ وہ آج اس چیز کو جو اسے عرصے سے خوفزدہ کر رہی تھی، مٹانے پر تلا ہوا ہے۔

خالد کے دیکھتے دیکھتے ایک جہاز سے کچھ چیز گری جو کاغذ کے چھوٹے چھوٹے ٹکڑوں کے مشابہ تھی۔ گرتے ہی یہ ٹکڑے ہوا میں پتنگوں کی طرح اڑنے لگے، ان میں سے چند خالد کے مکان کی بالائی چھت پر بھی گرے۔

خالد بھاگا ہوا اوپر گیا اور وہ کاغذ اٹھالایا۔

"ابا جی، ماما سچ مچ جھوٹ بک رہی تھی۔ جہاز والوں نے تو گولوں کی بجائے یہ کاغذ پھینکے ہیں۔"

خالد کے باپ نے وہ کاغذ لیکر پڑھنا شروع کیا تو رنگ زرد ہو گیا، ہونیوالے حادثے کی تصویر اب اسے عیاں طور پر نظر آنے لگی۔ اس اشتہار میں صاف لکھا تھا کہ بادشاہ کسی جلسہ کرنے کی اجازت نہیں دیتا اور اگر اسکی مرضی کے خلاف کوئی جلسہ کیا گیا تو نتائج کی ذمہ دار خود رعایا ہو گی۔

اپنے والد کو اشتہار پڑھنے کے بعد اس قدر حیران و پریشان دیکھ کر خالد نے گھبراتے ہوئے کہا۔ "اس کاغذ میں یہ تو نہیں لکھا کہ وہ ہمارے گھر پر گولے پھینکیں گے؟"

"خالد اس وقت تم جاؤ، جاؤ اپنی بندوق کے ساتھ کھیلو۔"

"مگر اس پر لکھا کیا ہے۔"

"لکھا ہے کہ آج شام کو ایک تماشا ہو گا۔" خالد کے باپ نے گفتگو کو مزید طول دینے کے خوف سے جھوٹ بولتے ہوئے کہا۔

"تماشا ہو گا، پھر تو ہم بھی چلیں گے نا۔"

"کیا کہا۔"

"کیا اس تماشے میں آپ مجھے نہ لے چلیں گے؟"

"لے چلیں گے، اب جاؤ جا کر کھیلو۔"

"کہاں کھیلوں؟ بازار میں آپ جانے نہیں دیتے، ماما مجھ سے کھیلتی نہیں، میرا ہم جماعت طفیل بھی تو آج کل یہاں نہیں آتا، اب میں کھیلوں تو کس سے کھیلوں؟۔۔۔۔۔۔۔شام کے وقت تماشا دیکھنے تو ضرور چلیں گے نا؟"

کسی جواب کا انتظار کئے بغیر خالد کمرے سے باہر چلا گیا اور مختلف کمروں میں آوارہ پھرتا ہوا اپنے والد کی نشست گاہ میں پہنچا، جس کی کھڑکیاں بازار کی طرف کھلتی تھیں۔ کھڑکی کے قریب بیٹھ کر وہ بازار کی طرف جھانکنے لگا۔

کیا دیکھتا ہے کہ بازار میں دکانیں تو بند ہیں مگر آمد و رفت جاری ہے۔ لوگ جلسے میں شریک ہونے کے لئے جا رہے تھے۔ وہ سخت حیران تھا کہ دو تین روز سے دکانیں کیوں بند رہتی ہیں، اس مسئلہ کے حل کے لئے اس نے اپنے ننھے دماغ پر بہتیرا زور دیا مگر کوئی نتیجہ بر آمد نہ ہو سکا۔

بہت غور و فکر کرنے کے بعد اس نے یہ سوچا کہ لوگوں نے اس تماشا دیکھنے کی خاطر، جس کے اشتہار جہاز بانٹ رہے تھے، دکانیں بند کر رکھی ہیں۔ اب اس نے خیال کیا کہ وہ کوئی نہایت ہی دلچسپ تماشا ہو گا جس کے لیئے تمام بازار بند ہیں۔ اس خیال نے خالد کو سخت بے چین کر دیا اور وہ اس وقت کا نہایت بیقراری سے انتظار کرنے لگا جب اس کا ابا اسے تماشا دکھلانے کو لے چلے۔

وقت گزرتا گیا، وہ خونی گھڑی قریب تر آتی گئی۔

سہ پہر کا وقت تھا، خالد اسکا باپ اور والدہ صحن میں خاموش بیٹھے ایک دوسرے کی طرف خاموش نگاہوں سے تک رہے تھے، ہوا سسکیاں بھرتی ہوئی چل رہی تھی۔

تڑ۔ تڑ۔ تڑ۔ تڑ۔۔۔۔۔۔۔۔۔۔۔۔

یہ آواز سنتے ہی خالد کے باپ کے چہرے کا رنگ کاغذ کی طرح سفید ہو گیا، زبان سے بمشکل اس قدر کہہ سکا۔ "۔۔۔۔۔۔ گولی۔۔۔۔۔۔۔۔۔"

خالد کی ماں فرطِ خوف سے ایک لفظ بھی منہ سے نہ نکال سکی، گولی کا نام سنتے ہی اسے ایسا معلوم ہوا جیسے خود اسکی چھاتی سے گولی اتر رہی ہے۔

خالد اس آواز کو سنتے ہی اپنے والد کی انگلی پکڑ کر کہنے لگا۔ "ابا جی چلیں، تماشا تو شروع ہو گیا ہے۔"

"کونسا تماشا؟" خالد کے باپ نے اپنے خوف کو چھپاتے ہوئے کہا۔

"وہی تماشا جس کے اشتہار آج صبح بانٹ رہے تھے، کھیل شروع ہو گیا ہے، تبھی تو اتنے پٹاخوں کی آواز سنائی دے رہی ہے۔"

"ابھی بہت وقت باقی ہے، تم شور مت کرو، خدا کے لیئے اب جاؤ، ماما کے پاس جا کر کھیلو۔"

خالد یہ سنتے ہی باورچی خانے کی طرف گیا مگر وہاں ماما کو نہ پا کر اپنے والد کی نشست گاہ میں چلا گیا اور کھڑکی سے بازار کی طرف دیکھنے لگا۔

بازار آمد و رفت بند ہو جانے کی وجہ سے سائیں سائیں کر رہا تھا، دور فاصلے سے کتوں کی دردناک چیخیں سنائی دے رہی تھیں، چند لمحات کے بعد ان چیخوں میں انسان کی دردناک آواز بھی شامل ہو گئی۔

خالد کسی کو کراہتے سن کر بہت حیران ہوا، ابھی وہ اس آواز کی جستجو کے لیئے کوشش ہی کر رہا تھا کہ چوک میں اسے ایک لڑکا دکھائی دیا، جو چیختا چلاتا بھاگتا چلا آ رہا تھا۔

خالد کے گھر کے عین مقابل وہ لڑکا لڑکھڑا کر گرا اور گرتے ہی بیہوش ہو گیا، اسکی پنڈلی پر ایک گہرا زخم تھا جس سے فواروں خون نکل رہا تھا۔

یہ سماں دیکھ کر خالد بہت خوفزدہ ہوا، بھاگ کر اپنے والد کے پاس آیا اور کہنے لگا۔

"ابا، ابا، بازار میں ایک لڑکا گر پڑا ہے، اسکی ٹانگ سے بہت خون نکل رہا ہے۔"

یہ سنتے ہی خالد کا باپ کھڑکی کی طرف گیا اور دیکھا کہ واقعی ایک نوجوان لڑکا بازار میں اوندھے منہ پڑا ہے۔

بادشاہ کے خوف سے اسے جرأت نہ ہوئی کہ وہ اس لڑکے کو سڑک پر سے اٹھا کر سامنے والی دکان کے پٹڑے پر لٹا دے۔ بے ساز و برگ افراد کو اٹھانے کے لیئے حکومت کے اربابِ حل و عقد نے آہنی گاڑیاں مہیا کر رکھی ہیں۔ مگر اس معصوم بچے کی نعش جو انہی کے تیغِ ستم کا شکار تھی، وہ ننھا پودا جو انہی کے ہاتھوں مسلا گیا تھا، وہ کونپل جو کھلنے سے پہلے انہی کی عطا کردہ بادِ سموم سے جھلس گئی تھی، کسی کے دل کی راحت جو انہی کے جور و استبداد نے چھین لی تھی، اب انہی کی تیار کردہ سڑک پر۔۔۔۔۔۔۔۔۔آہ۔ موت بھیانک ہے مگر ظلم اس سے کہیں زیادہ خوفناک اور بھیانک ہے۔

"ابا اس لڑکے کو کسی نے پیٹا ہے؟"

خالد کا باپ اثبات میں سر ہلاتا ہوا کمرے سے باہر چلا گیا۔

جب خالد اکیلا کمرے میں رہ گیا تو سوچنے لگا کہ اس لڑکے کو اتنے بڑے زخم سے کتنی تکلیف ہوئی ہوگی جبکہ ایک دفعہ اسے قلم تراش کی نوک چبھنے سے تمام رات نیند نہ آئی تھی اور اسکا باپ اور ماں تمام رات اسکے سرہانے بیٹھے رہے تھے۔ اس خیال کے آتے ہی اسے ایسا معلوم ہونے لگا کہ وہ زخم خود اسکی پنڈلی میں ہے اور اس میں شدت کا درد ہے۔۔۔۔۔یکلخت وہ رونے لگا۔

اسکے رونے کی آواز سن کر اسکی والدہ دوڑی آئی اور اسے گود میں لے کر پوچھنے لگی۔ "میرے بچے رو کیوں رہے ہو؟"

"امی اس لڑکے کو کسی نے مارا ہے؟"

"شرارت کی ہوگی اس نے۔"

خالد کی والدہ اپنے خاوند کی زبانی زخمی لڑکے کی داستان سن چکی تھی۔

"مگر سکول میں تو شرارت کرنے پر چھڑی سے سزا دیتے ہیں، لہو تو نہیں نکالتے۔"

خالد نے روتے ہوئے اپنی والدہ سے کہا۔

"چھڑی زور سے لگ گئی ہوگی۔"

"تو پھر کیا اس لڑکے کا والد سکول میں جا کر اس استاد پر خفا نہ ہو گا جس نے اسکے لڑکے کو اس قدر مارا ہے۔ ایک روز ماسٹر صاحب نے میرے کان کھینچ کر سرخ کر دیئے تھے تو ابا جی نے ہیڈ ماسٹر کے پاس جا کر شکایت کی تھی نا۔"

"اس لڑکے کا ماسٹر بہت بڑا آدمی ہے۔"

"اللہ میاں سے بھی بڑا؟"

"نہیں ان سے چھوٹا ہے۔"

"تو پھر وہ اللہ میاں کے پاس شکایت کرے گا۔"

"خالد اب دیر ہو گئی ہے، چلو سوئیں۔"

"اللہ میاں میں دعا کرتا ہوں کہ تو اس ماسٹر کو جس نے اس لڑکے کو پیٹا ہے اچھی طرح سزا دے اور اس چھڑی کو چھین لے جسکے استعمال سے خون نکل آتا ہے۔۔۔۔۔۔۔۔۔۔ میں نے پہاڑے یاد نہیں کئے، اس لئے مجھے بھی ڈر ہے کہ کہیں وہی چھڑی میرے استاد کے ہاتھ نہ آ جائے۔۔۔۔۔۔۔۔ اگر تم نے میری باتیں نہ مانیں تو پھر میں بھی تم سے نہ بولوں گا۔"

سوتے وقت خالد دل میں دعا مانگ رہا تھا۔

(۶) طاقت کا امتحان

"کھیل خوب تھا، کاش تم بھی وہاں موجود ہوتے۔"

"مجھے کل کچھ ضروری کام تھا مگر اس کھیل میں کونسی چیز ایسی قابلِ دید تھی جس کی تم اتنی تعریف کررہے ہو؟"

"ایک صاحب نے چند جسمانی ورزشوں کے کرتب دکھلائے کہ ہوش گم ہوگیا۔"

"مثلاً۔"

"مثلاً کلائی پر ایک انچ موٹی آہنی سلاخ کو خم دینا۔"

"یہ آجکل بچے بھی کرسکتے ہیں۔"

"چھاتی پر چکی کا پتھر رکھوا کر آہنی ہتھوڑوں سے پاش پاش کرانا۔"

"میں نے ایسے بیسیوں شخص دیکھے ہیں۔"

"مگر وہ وزن جو اس نے دو ہاتھوں سے اٹھا کر ایک تنکے کی طرح پرے پھینک دیا کسی اور شخص کی بات نہیں، یہ تمھیں بھی ماننا پڑے گا۔"

"بھلے آدمی یہ کونسا اہم کام ہے، وزن کتنا تھا آخر۔"

"کوئی چار من کے قریب ہوگا، کیوں؟"

"اتنا وزن تو شہر کا فاقہ زدہ مزدور گھنٹوں پشت پر اٹھائے رہتا ہے۔"

"بالکل غلط۔"

"وہ کیوں؟"

"غلیظ ٹکڑوں پر پلے ہوئے مزدور میں اتنی قوت نہیں ہو سکتی۔ طاقت کے لئے اچھی غذا کا ہونا لازم ہے۔ شہر کا مزدور۔۔۔۔۔۔۔ کیسی باتیں کر رہے ہو۔"

"غذا والے معاملے کے متعلق میں تم سے متفق ہوں مگر یہ حقیقت ہے۔ یہاں ایسے بہتیرے مزدور ہیں جو دو پیسے کی خاطر چار من بلکہ اس سے کچھ زیادہ وزن اٹھا کر تمھارے گھر کی دوسری منزل پر چھوڑ آسکتے ہیں۔۔۔۔۔۔ کہو تو اسے ثابت کر دوں؟"

یہ گفتگو دو نوجوان طلبہ میں ہو رہی تھی جو ایک پر تکلف کمرے کی گدی دار کرسیوں پر بیٹھے سگریٹ کا دھواں اڑا رہے تھے۔

"میں اسے ہر گز نہیں مان سکتا اور باور آئے بھی کس طرح۔۔۔۔۔۔ قاسم چوب فروش کے مزدور ہی کو لو۔ کمبخت سے ایک من لکڑیاں بھی تو اٹھائی نہیں جاتیں۔ ہزاروں میں ایک ایسا طاقتور ہو تو اچنبھا نہیں ہے۔"

"چھوڑو یار اس قصے کو، بھاڑ میں جائیں یہ سب مزدور اور چولھے میں جائے انکی طاقت۔ سناؤ آج تاش کی بازی لگ رہی ہے؟"

"تاش کی بازیاں تو لگتی ہیں رہیں گی، پہلے اس بحث کا فیصلہ ہونا چاہیئے۔"

سامنے والی دیوار پر آویزاں کلاک ہر روز اسی قسم کی لایعنی گفتگوؤں سے تنگ آکر برابر اپنی ٹک ٹک کئے جا رہا تھا۔ سگریٹ کا دھواں انکے منہ سے آزاد ہو کر بڑی بے پروائی سے چکر لگاتا ہوا کھڑکی کے راستے باہر نکل رہا تھا۔ دیواروں پر لٹکی ہوئی تصاویر کے چہروں پر بے فکری و بے اعتنائی کی جھلکیاں نظر آتی تھیں۔ کمرے کا فرنیچر سالہا سال سے ایک ہی جگہ پر جما ہوا کسی تغیر سے ناامید ہو کر بے حس پڑا سوتا تھا۔ آتشدان کے طاق پر رکھا ہوا کسی یونانی مفکر کا مجسمہ اپنی سنگین نگاہوں سے آدم کے ان دو فرزندوں کی بے معنی گفتگو سن کر تعجب سے اپنا سر کھجلا رہا تھا۔۔۔۔۔۔۔ کمرے کی فضا ان بھدی اور فضول

باتوں سے کثیف ہو رہی تھی۔

تھوڑی دیر تک دونوں دوست تاش کی مختلف کھیلوں، برج کے اصولوں اور روپیہ جیتنے کے طریقوں پر اظہارِ خیالات کرتے رہے۔ دفعتاً ان میں وہ جسے مزدور کی طاقت کے متعلق پورا یقین تھا اپنے دوست سے مخاطب ہوا۔

"باہر بازار میں لوہے کا جو گارڈر پڑا ہے وہ تمھارے خیال میں کتنا وزن رکھتا ہو گا۔"

"پھر وہی بحث۔"

"تم بتاؤ تو سہی"

"پانچ چھ من کے قریب ہو گا۔"

"یہ وزن تو تمھاری نظر میں کافی ہے نا؟"

"یعنی تمھارا یہ مطلب ہے کہ لوہے کی یہ بھاری بھرکم لاٹھ تمھارا مزدور پہلوان اٹھائے گا۔۔۔۔۔۔ گدھے والی گاڑی ضرور ہو گی اسکے ساتھ۔"

"یہاں کے مزدور بھی گدھوں سے کیا کم ہیں۔ گیہوں کی دو تین بوریاں اٹھانا تو انکے نزدیک معمولی کام ہے۔۔۔۔۔۔ مگر تمھیں کیا پتہ ہو سکتا ہے۔ کہو تو، تمھارے کل والے کھیل سے کہیں حیرت انگیز اور بہت سستے داموں ایک نیا تماشا دکھاؤں۔"

"اگر تمھارا مزدور لوہے کا وہ وزنی ٹکڑا اٹھائے گا تو میں تیار ہوں۔"

"تمھاری آنکھوں کے سامنے اور بغیر کسی چالاکی کے۔"

دونوں دوست اپنے اپنے سگریٹ کی خاکدان میں گردن دبا کر اٹھے اور باہر بازار کی طرف مزدور کی طاقت کا امتحان کرنے چل دیئے۔ کمرے کی تمام اشیاء کسی گہری فکر میں غرق ہو گئیں، جیسے انہیں کسی غیر معمولی حادثے کا خوف ہو، کلاک اپنی انگلیوں پر کسی متعینہ وقت کی گھڑیاں شمار کرنے لگا۔ دیواروں پر آویزاں تصویریں حیرت میں ایک

دوسرے کا منہ تکنے لگیں۔۔۔۔۔۔۔ کمرے کی فضا خاموش آہیں بھرنے لگ گئی۔

لوہے کا وہ بھاری بھر کم ٹکڑا لاش کا سا سرد اور کسی وحشتناک خواب کی طرح تاریک، بازار کے ایک کونے میں بھیانک دیو کی مانند اکڑا ہوا تھا۔ دونوں دوست لوہے کے اس ٹکڑے کے پاس آکر کھڑے ہو گئے اور کسی مزدور کا انتظار کرنے لگے۔

بازار بارش کی وجہ سے کیچڑ میں لت پت تھا، جو راہگزروں کے جوتوں کے ساتھ اچھل اچھل کر انکا مضحکہ اڑا رہی تھی۔ یوں معلوم ہوتا گویا وہ اپنے روندنے والوں سے کہہ رہی ہے کہ وہ اسی آب و گِل کی تخلیق ہیں جسے وہ اس وقت پاؤں سے گوندھ رہے ہیں۔ مگر وہ اس حقیقت سے غافل اپنے دنیاوی کام دھندوں کی دھن میں مصروف کیچڑ کے سینے کو مسلتے ہوئے ادھر ادھر جلد جلد قدم اٹھاتے ہوئے جارہے تھے۔

کچھ دکاندار اپنے گاہکوں کے ساتھ سودا کرنے طے کرنے میں مصروف تھے اور کچھ سجی ہوئی دکانوں میں تکیہ لگائے اپنے حریف ہم پیشہ دکانداروں کی طرف حاسدانہ نگاہوں سے دیکھ رہے تھے اور اس وقت کے منتظر تھے کہ کوئی گاہک وہاں سے ہٹے اور وہ اسے کم قیمت کا جھانسا دیکر گھٹیا مال فروخت کر دیں۔

ان منیاری کی دکانوں کے ساتھ ہی ایک دوا فروش اپنے مریض گاہکوں کا انتظار کر رہا تھا۔۔۔۔۔۔۔۔ بازار میں سب لوگ اپنے اپنے خیال میں مست تھے اور یہ دو دوست کسی دنیاوی فکر سے بے پروا ایک ایسے مزدور کی راہ دیکھ رہے تھے جو انکی دلچسپی کا سامان مہیا کر سکے۔

دُور بازار کے آخری سرے پر ایک مزدور کمر کے گرد رسی لپیٹے اور پشت پر ٹاٹ کا ایک موٹا سا ٹکڑا لٹکائے کیچڑ کی طرف معنی خیز نگاہوں سے دیکھتا ہوا چلا آرہا تھا۔

نانبائی کی دکان کے قریب پہنچ کر وہ دفعتاً ٹھٹکا، سالن کی دیگچیوں اور تنور سے تازہ

نکلی ہوئی روٹیوں نے اسکے پیٹ میں نوکدار خنجروں کا کام کیا۔

مزدور نے اپنی پھٹی ہوئی جیب کی طرف نگاہ کی اور گرسنہ دانتوں سے اپنے خشک لبوں کو کاٹ کر خاموش رہ گیا، سرد آہ بھری اور اسی رفتار سے چلنا شروع کر دیا۔ چلتے وقت اسکے کان بڑی بے صبری سے کسی کی دل خوش کن آواز "مزدور" کا انتظار کر رہے تھے مگر اس کے دل میں نہ معلوم کیا کیا خیالات چکر لگا رہے تھے۔

"دو تین دن سے روٹی بمشکل نصیب ہوئی ہے اب چار بجنے کو آئے ہیں مگر ایک کوڑی تک نہیں ملی۔۔۔۔۔۔۔۔کاش آج صرف ایک روٹی کے لئے ہی کچھ نصیب ہو جائے۔۔۔۔۔۔۔۔بھیک؟۔۔۔۔۔۔۔۔۔نہیں خدا کارساز ہے۔"

اس نے بھوک سے تنگ آکر بھیک مانگنے کا خیال کیا مگر اسے ایک مزدور کی شان کے خلاف سمجھتے ہوئے خدا کا دامن تھام لیا اور اس خیال سے مطمئن ہو کر جلدی جلدی اس بازار کو طے کرنے لگا، اس خیال سے کہ شاید دوسرے بازار میں اسے کچھ نصیب ہو جائے۔

دونوں دوستوں نے بیک وقت ایک مزدور کو تیزی سے اپنی طرف قدم بڑھاتے دیکھا، مزدور دبلا پتلا نہ تھا چنانچہ انہوں نے فوراً آواز دی۔

"مزدور۔"

یہ سنتے ہی گویا مزدور کے سوکھے دھانوں میں پانی مل گیا، بھاگا ہوا آیا اور نہایت ادب سے پوچھنے لگا۔

"جی حضور۔"

"دیکھو، لوہے کا یہ ٹکڑا اٹھا کر ہمارے ساتھ چلو، کتنے پیسے لوگے؟"

مزدور نے جھک کر لوہے کے بھاری بھر کم ٹکڑے کی طرف دیکھا اور دیکھتے ہی اسکی

آنکھوں کی وہ چمک جو "مزدور" کا لفظ سن کر پیدا ہوئی تھی، غائب ہو گئی۔

وزن بلاشک وشبہ زیادہ تھا مگر روٹی کے قحط اور پیٹ پوجا کے لئے سامان پیدا کرنے کا سوال اس سے کہیں وزنی تھا۔

مزدور نے ایک بار پھر اس آہنی لاٹھ کی طرف دیکھا اور دل میں عزم کرنے کے بعد کہ وہ اسے ضرور اٹھائے گا، ان سے بولا۔

"جو حضور فرمائیں۔"

"یعنی تم یہ وزن اکیلے اٹھالو گے؟" ان دو لڑکوں میں سے اس نے مزدور کی طرف حیرت سے دیکھتے ہوئے کہا جو کل شب جسمانی کرتب دیکھ کر آیا تھا۔

"بولو کیا لو گے؟ یہ وزن بھلا کہاں سے زیادہ ہوا؟" دوسرے نے بات کا رخ پلٹ دیا۔

"کہاں تک جانا ہو گا حضور۔"

"بہت قریب، دوسرے بازار کے نکڑ تک۔"

"وزن زیادہ ہے، آپ تین آنے دیدیجئے۔"

"تین آنے۔"

"جی ہاں، تین آنے کچھ زیادہ تو نہیں ہیں۔"

"دو آنے مناسب ہے بھئی۔"

دو آنے۔۔۔۔۔۔ آٹھ پیسے، یعنی دو وقت کے لئے سامانِ خورد و نوش، یہ سوچتے ہی مزدور راضی ہو گیا۔ اس نے اپنی کمر سے رسی اتاری اور اسے لوہے کے ٹکڑے کے ساتھ مضبوطی سے باندھ دیا، دو تین جھٹکوں کے بعد وہ آہنی سلاخ اسکی کمر پر تھی۔

گو وزن واقعی ناقابلِ برداشت تھا مگر تھوڑے عرصے کے بعد ملنے والی روٹی نے

مزدور کے جسم میں عارضی طور پر ایک غیر معمولی طاقت پیدا کر دی تھی، اب ان کاندھوں میں جو بھوک کی وجہ سے مردہ ہو رہے تھے، روٹی کا نام سن کر طاقت عود کر آئی۔

گرسنہ انسان بڑی سے بڑی مشقت فراموش کر دیتا ہے، جب اسے اپنے پیٹ کے لئے کچھ سامان نظر آتا ہے۔

"آیئے۔" مزدور نے بڑی ہمت سے کام لیتے ہوئے کہا۔

دونوں دوستوں نے ایک دوسرے کی طرف نگاہیں اٹھائیں اور زیرِ لب مسکرا دیئے، وہ بہت مسرور تھے۔

"چلو، مگر ذرا جلدی قدم بڑھاؤ، ہمیں کچھ اور بھی کام کرنا ہے۔"

مزدور ان دو لڑکوں کے پیچھے ہو لیا، وہ اس حقیقت سے بے خبر تھا کہ موت اسکے کاندھوں پر سوار ہے۔

"کیوں میاں، کہاں ہے وہ تمھارا کل والا سینڈو؟"

"کمال کر دیا ہے اس مزدور نے، واقعی سخت تعجب ہے۔"

"تعجب؟ اگر کہو تو اس لوہے کے ٹکڑے کو تمھارے گھر کی بالائی چھت پر رکھوا دوں۔"

"مگر سوال ہے کہ ہم لوگ اچھی غذا ملنے پر بھی اتنے طاقتور نہیں ہیں۔"

"ہماری غذا تو کتابوں اور دیگر علمی چیزوں کی نذر ہو جاتی ہے۔ انھیں اس قسم کی سر دردی سے کیا تعلق؟ بے فکری، کھانا اور سو جانا۔"

"واقعی درست ہے۔"

لڑکے مزدور پر لدے ہوئے بوجھ اور اسکی خمیدہ کمر سے غافل آپس میں اپنے

خیالات کا اظہار کر رہے تھے۔

وہاں سے سو قدم کے فاصلے پر مزدور کی قضا کیلے کے چھلکے میں چھپی ہوئی اپنے شکار کا انتظار کر رہی تھی۔ گو مزدور کیچڑ میں پھونک پھونک کر قدم رکھ رہا تھا مگر تقدیر کے آگے تدبیر کی ایک بھی پیش نہ چلی۔ اسکا قدم چھلکے پر پڑا، پھسلا اور چشم زدن میں لوہے کی اس بھاری لاٹھ نے اسے کیچڑ میں پیوست کر دیا۔

مزدور نے مترحم نگاہوں سے کیچڑ اور لوہے کے سرد ٹکڑے کی طرف دیکھا، تڑپا اور ہمیشہ کے لیئے بھوک کی گرفت سے آزاد ہو گیا۔

دھماکے کی آواز سن کر دونوں لڑکوں نے پیچھے مڑ کر دیکھا، مزدور کا سر آہنی سلاخ کے نیچے کچلا ہوا تھا، آنکھیں باہر نکلی ہوئی نہ معلوم کس سمت ٹکٹکی لگائے دیکھ رہی تھیں۔ خون کی ایک موٹی سی تہہ کیچڑ کے ساتھ ہم آغوش ہو رہی تھی۔

"چلو آؤ چلیں، ہمیں خواہ مخواہ اس حادثے کا گواہ بننا پڑے گا۔"

"میں پہلے ہی کہہ رہا تھا کہ یہ وزن اس سے نہیں اٹھایا جائے گا۔۔۔۔۔۔۔۔لالچ۔"

یہ کہتے ہوئے دونوں لڑکے مزدور کی لاش کے گرد جمع ہوتی ہوئی بھیڑ کو کاٹتے ہوئے اپنے گھر روانہ ہو گئے۔

سامنے والی دکان پر ایک بڑی توند والا شخص ٹیلیفون کا چونگا ہاتھ میں لئے غالباً گندم کا بھاؤ طے کرنے والا تھا کہ اس نے مزدور کو موت کا شکار ہوتے دیکھا اور اس حادثے کو منحوس خیال کرتے ہوئے بڑبڑا کر ٹیلیفون کا سلسلۂ گفتگو منقطع کر لیا۔

"کمبخت کو مرنا بھی تھا تو میری دکان کے سامنے۔۔۔۔۔۔۔ بھلا ان لوگوں کو اس قدر وزن اٹھانے پر کون مجبور کرتا ہے۔"

تھوڑی دیر کے بعد اسپتال کی آہنی گاڑی آئی اور مزدور کی لاش اٹھا کر عملِ جراحی کے لیئے ڈاکٹروں کے سپرد کر دی۔

دھندلے آسمان پر ابر کے ایک ٹکڑے نے مزدور کے خون کو کیچڑ میں ملتے ہوئے دیکھا، اسکی آنکھوں میں آنسو چھلک پڑے۔۔۔۔۔۔۔ان آنسوؤں نے سڑک کے سینے پر اس خون کے دھبوں کو دھو دیا۔

آہنی لاٹھ ابھی تک بازار کے ایک کنارے پڑی ہوئی ہے، مزدور کے خون کا صرف ایک قطرہ باقی ہے جو دیوار کے ساتھ چمٹا ہوا نہ معلوم کس چیز کا اپنی خونیں آنکھوں سے انتظار کر رہا ہے۔

۵ جنوری ۱۹۳۵ء

اشاعتِ اول۔ ہفتہ وار "خلق" اشاعتِ ثانی۔ "عالمگیر"

(۷) دیوانہ شاعر

(اگر مقدس حق دنیا کی متجسس نگاہوں سے اوجھل کر دیا جائے تو رحمت ہو اس دیوانے پر جو انسانی دماغ پر سنہرا خواب طاری کر دے۔ حکیم گورکی)

میں آہوں کا بیوپاری ہوں
لہو کی شاعری میرا کام ہے
چمن کی ماندہ ہواؤ
اپنے دامن سمیٹ لو کہ
میرے آتشیں گیت
دبے ہوئے سینوں میں ایک تلاطم برپا کرنے والے ہیں

یہ بیباک نغمہ درد کی طرح اٹھا اور باغ کی فضا میں چند لمحے تھر تھرا کر ڈوب گیا۔ آواز میں ایک قسم کی دیوانگی تھی۔۔۔۔۔۔ ناقابلِ بیان۔ میرے جسم پر کپکپی طاری ہو گئی، میں نے آواز کی جستجو میں ادھر ادھر نگاہیں اٹھائیں۔ سامنے چبوترے کے قریب گھاس کے تختے پر چند بچے اپنی ماماؤں کے ساتھ کھیل کود میں محو تھے، پاس ہی دو تین گنوار بیٹھے تھے۔ بائیں طرف نیم کے درختوں کے نیچے مالی زمین کھودنے میں مصروف تھا۔ میں ابھی اسی جستجو میں ہی تھا کہ وہی درد میں ڈوبی ہوئی آواز پھر بلند ہوئی۔

میں ان لاشوں کا گیت گاتا ہوں
جن کی سردی دسمبر مستعار لیتا ہے
میرے سینے سے نکلی ہوئی آہ

وہ لُو ہے جو جون کے مہینے میں چلتی ہے

میں آہوں کا بیوپاری ہوں

لہو کی شاعری میرا کام ہے۔۔۔۔۔۔۔۔۔۔۔۔۔۔۔۔

آواز کنوئیں کے عقب سے آرہی تھی، مجھ پر ایک رقت سے طاری ہو گئی، میں ایسا محسوس کرنے لگا کہ سرد اور گرم لہریں بیک وقت میرے جسم سے لپٹ رہی ہیں۔ اس خیال نے مجھے کسی قدر خوفزدہ کر دیا کہ آواز اس کنوئیں کے قریب سے بلند ہو رہی ہے جس میں آج سے کچھ سال پہلے لاشوں کا ایک انبار لگا ہوا تھا۔ اس خیال کے ساتھ ہی میرے دماغ میں جلیانوالہ باغ کے خونی حادثے کی ایک تصویر کھچ گئی۔ تھوڑی دیر کے لئے مجھے ایسا محسوس ہوا کہ باغ کی فضا گولیوں کی سنسناہٹ اور بھاگتے ہوئے لوگوں کی چیخ پکار سے گونج رہی ہے۔ میں لرز گیا، اپنے کاندھوں کو زور سے جھٹکا دیکر اور اس عمل سے اپنے خوف کو دور کرتے ہوئے میں اٹھا اور کنوئیں کا رخ کیا۔

سارے باغ پر ایک پر اسرار خاموشی چھائی ہوئی تھی، میرے قدموں کے نیچے خشک پتوں کی سرسراہٹ سوکھی ہوئی ہڈیوں کے ٹوٹنے کی آواز پیدا کر رہی تھی۔ کوشش کے باوجود میں اپنے دل سے وہ نامعلوم خوف دور نہ کر سکا جو اس آواز نے پیدا کر دیا تھا۔ ہر قدم مجھے یہی معلوم ہوتا تھا کہ گھاس کے سبز بستر پر بے شمار لاشیں پڑی ہوئی ہیں جن کی بوسیدہ ہڈیاں میرے پاؤں کے نیچے ٹوٹ رہی ہیں۔ یکایک میں نے اپنے قدم تیز کئے اور دھڑکتے ہوئے دل سے اس چبوترے پر بیٹھ گیا جو کنوئیں کے ارد گرد بنا ہوا تھا۔

میرے دماغ میں بار بار یہ عجیب سا شعر گونج رہا تھا۔

میں آہوں کا بیوپاری ہوں

لہو کی شاعری میرا کام ہے

کنوئیں کے قریب کوئی متنفس موجود نہ تھا۔ میرے سامنے چھوٹے پھاٹک کی ساتھ والی دیوار پر گولیوں کے نشان تھے جن پر چوکور جالی منڈھی ہوئی تھی۔ میں ان نشانوں کو بیسیوں مرتبہ دیکھ چکا تھا مگر اب وہ دو نشان جو میری نگاہوں کے عین بالمقابل تھے دو خونیں آنکھیں معلوم ہو رہے تھے، جو دور۔۔۔۔۔۔۔بہت دور کسی غیر مرئی چیز کو ٹکٹکی لگائے دیکھ رہی ہوں۔ بلا ارادہ میری نگاہیں ان دو چشم نما سوراخوں پر جم کر رہ گئیں۔ میں انکی طرف مختلف خیالات میں کھویا ہوا خدا معلوم کتنے عرصے تک دیکھتا رہا کہ دفعتاً پاس والی روش پر کسی کے بھاری قدموں کی چاپ نے مجھے اس خواب سے بیدار کر دیا۔ میں نے مڑ کر دیکھا، گلاب کی جھاڑیوں سے ایک دراز قد آدمی سر جھکائے میری طرف بڑھ رہا تھا، اسکے دونوں ہاتھ اسکے بڑے کوٹ کی جیبوں میں ٹھنسے ہوئے تھے، چلتے ہوئے وہ زیرِ لب کچھ گنگنا رہا تھا۔ کنوئیں کے قریب پہنچ کر وہ یکایک ٹھٹکا اور گردن اٹھا کر میری طرف دیکھتے ہوئے کہا۔

"میں پانی پیوں گا۔"

میں فوراً چبوترے پر سے اٹھا اور پمپ کا ہینڈل ہلاتے ہوئے اس اجنبی سے کہا۔

"آیئے۔"

اچھی طرح پانی پی چکنے کے بعد اس نے اپنے کوٹ کی میلی آستین سے منہ پونچھا اور واپس چلنے کو ہی تھا کہ میں نے دھڑکتے ہوئے دل سے دریافت کیا۔

"کیا ابھی ابھی آپ ہی گا رہے تھے؟"

"ہاں۔۔۔۔۔۔۔مگر آپ کیوں دریافت کر رہے ہیں؟" یہ کہتے ہوئے اس نے اپنا سر پھر اٹھایا، اسکی آنکھیں جن میں سرخ ڈورے غیر معمولی طور پر نمایاں تھے، میری

قلبی واردات کا جائزہ لیتی ہوئی معلوم ہو رہی تھیں۔ میں گھبرا گیا۔

"آپ ایسے گیت نہ گایا کریں۔۔۔۔۔۔۔ یہ سخت خوفناک ہیں۔"

"خوفناک۔۔۔۔۔۔ نہیں، انہیں ہیبت ناک ہونا چاہیئے جبکہ میرے راگ کے ہر سُر میں رستے ہوئے زخموں کی جلن اور رکی ہوئی آہوں کی تپش معمور ہے۔ معلوم ہوتا ہے کہ میرے شعلوں کی زبانیں آپ کی برفائی ہوئی روح کو اچھی طرح چاٹ نہیں سکیں۔" اس نے اپنی نوکیلی ٹھوڑی کو انگلیوں سے کھجلاتے ہوئے کہا۔ یہ الفاظ اس شور کے مشابہ تھے جو برف کے ڈھیلے میں تپتی ہوئی سلاخ گزارنے سے پیدا ہوتا ہے۔

"آپ مجھے ڈرا رہے ہیں۔"

میرے یہ کہنے سے اس مردِ عجیب کے حلق سے ایک قہقہہ نما شور بلند ہوا۔ "ہا، ہا، ہا۔۔۔۔۔۔۔۔ آپ ڈر رہے ہیں۔ کیا آپ کو یہ معلوم نہیں کہ آپ اس وقت اس منڈیر پر کھڑے ہیں جو آج سے کچھ عرصہ پہلے بے گناہ انسانوں کے خون سے لتھڑی ہوئی تھی، یہ حقیقت میری گفتگو سے زیادہ وحشت خیز ہے۔"

یہ سن کر میرے قدم ڈگمگا گئے، میں واقعی خونیں منڈیر پر کھڑا تھا۔ مجھے خوفزدہ دیکھ کر وہ پھر بولا۔

"تھرائی ہوئی رگوں سے بہا ہوا لہو کبھی فنا نہیں ہوتا۔ اس خاک کے ذرے ذرے میں مجھے سرخ بوندیں تڑپتی نظر آ رہی ہیں، آؤ تم بھی دیکھو۔"

یہ کہتے ہوئے اس نے اپنی نظریں زمین پر گاڑ دیں۔ میں کنوئیں پر سے نیچے اتر آیا اور اسکے پاس کھڑا ہو گیا۔ میرا دل دھک دھک کر رہا تھا، دفعتاً اس نے اپنا ہاتھ میرے کاندھے پر رکھا اور بڑے دھیمے لہجے میں کہا۔ "مگر تم اسے نہیں سمجھ سکو گے۔۔۔۔۔۔ یہ بہت مشکل ہے۔"

میں اسکا مطلب بخوبی سمجھ رہا تھا، وہ غالباً مجھے اس خونی حادثے کی یاد دلا رہا تھا جو آج سے سولہ سال قبل اس باغ میں واقع ہوا تھا۔ اس حادثے کے وقت میری عمر قریباً پانچ سال کی تھی اس لئے میرے دماغ میں اسکے بہت دھندلے نقوش باقی تھے لیکن مجھے اتنا ضرور معلوم تھا کہ اس باغ میں عوام کے ایک جلسے پر گولیاں برسائی گئی تھیں جسکا نتیجہ قریباً دو ہزار اموات تھیں۔ میرے دل میں ان لوگوں کا بہت احترام تھا جنہوں نے اپنی مادرِ وطن اور جذبۂ آزادی کی خاطر اپنی جانیں قربان کر دی تھیں بس اس احترام کے علاوہ میرے دل میں اس حادثے کے متعلق اور کوئی خاص جذبہ نہ تھا مگر آج اس مردِ عجیب کی گفتگو نے میرے سینے میں ایک ہیجان سا برپا کر دیا، میں ایسا محسوس کرنے لگا کہ گولیاں تڑ تڑ برس رہی ہیں اور بہت سے لوگ وحشت کے مارے ادھر ادھر بھاگتے ہوئے ایک دوسرے پر گر کر مر رہے ہیں۔ اس اثر کے تحت میں چلا اٹھا۔

"میں سمجھتا ہوں، میں سب کچھ سمجھتا ہوں۔ موت بھیانک ہے مگر ظلم اس سے کہیں خوفناک اور بھیانک ہے۔"

یہ کہتے ہوئے مجھے ایسا محسوس ہوا کہ میں نے سب کچھ کہہ ڈالا ہے اور میرا سینہ بالکل خالی رہ گیا ہے، مجھ پر ایک مردنی سی چھا گئی۔ غیر ارادی طور پر میں نے اس شخص کے کوٹ کو پکڑ لیا اور تھرائی ہوئی آواز میں کہا۔

"آپ کون ہیں؟۔۔۔۔۔۔آپ کون ہیں؟"

"آہوں کا بیوپاری۔۔۔۔۔۔ایک دیوانہ شاعر۔"

"آہوں کا بیوپاری۔۔۔۔۔۔ایک دیوانہ شاعر۔" اس کے الفاظ زیرِ لب گنگناتے ہوئے میں کنوئیں کے چبوترے پر بیٹھ گیا۔ اس وقت میرے دماغ میں اس دیوانے شاعر کا گیت گونج رہا تھا۔ تھوڑی دیر کے بعد میں نے اپنا جھکا ہوا سر اٹھایا، سامنے سپیدے کے دو

درخت ہیبت ناک دیووں کی طرح انگڑائیاں لے رہے تھے، پاس ہی چنبیلی اور گلاب کی خار دار جھاڑیوں میں ہوا آہیں بکھیر رہی تھی۔ دیوانہ شاعر خاموش کھڑا سامنے والی دیوار کی ایک کھڑکی پر نگاہیں جمائے ہوئے تھا۔ شام کے خاکستری دھندلکے میں وہ ایک سایہ سا معلوم ہو رہا تھا۔ کچھ دیر خاموش رہنے کے بعد وہ اپنے خشک بالوں کو انگلیوں سے کنگھی کرتے ہوئے گنگنایا۔

"آہ یہ سب کچھ خوفناک حقیقت ہے۔۔۔۔۔۔۔۔کسی صحرا میں جنگلی انسان کے پیروں کے نشانات کی طرح خوفناک۔"

"کیا کہا۔"

میں ان الفاظ کو اچھی طرح سن نہ سکا تھا جو اس نے منہ ہی منہ میں ادا کئے تھے۔

"کچھ بھی نہیں۔" یہ کہتے ہوئے وہ میرے پاس آکر چبوترے پر بیٹھ گیا۔

"آپ گنگنا رہے تھے۔"

اس پر اس نے اپنی آنکھیں ایک عجیب انداز میں سکیڑیں اور ہاتھوں کو آپس میں زور زور سے ملتے ہوئے کہا۔ "سینے میں قید کئے ہوئے الفاظ باہر نکلنے کے لئے مضطرب ہوتے ہیں۔ اپنے آپ سے بولنا اس الوہیت سے گفتگو کرنا ہے جو ہمارے دل کی پہنائیوں میں مستور ہوتی ہے۔" پھر ساتھ ہی گفتگو کا رخ بدلتے ہوئے کہا۔ "کیا آپ نے اس کھڑکی کو دیکھا ہے؟"

اس نے اپنی انگلی اس کھڑکی کی طرف اٹھائی جسے وہ چند لمحہ پہلے ٹکٹکی باندھے دیکھ رہا تھا۔ میں نے اس جانب دیکھا، چھوٹی سی کھڑکی تھی جو سامنے دیوار کی خستہ اینٹوں میں سوئی ہوئی معلوم ہوتی تھی۔

"یہ کھڑکی جسکا ایک ڈنڈا نیچے لٹک رہا ہے؟" میں نے اس سے کہا۔

"ہاں، یہی جسکا ایک ڈنڈا نیچے لٹک رہا ہے۔ کیا تم اِس پر اُس معصوم لڑکی کے خون کے چھینٹے نہیں دیکھ رہے ہو جس کو صرف اس لئے ہلاک کیا گیا تھا کہ ترکشِ استبداد کو اپنے تیروں کی قوتِ پرواز کا امتحان لینا تھا۔۔۔۔۔۔۔ میرے عزیز، تمھاری اس بہن کا خون ضرور رنگ لائے گا۔ میرے گیتوں کے زیر و بم میں اس کم سن روح کی پھڑ پھڑاہٹ اور اس کی دلدوز چیخیں ہیں، یہ سکون کے دامن کو تار تار کر دیں گے۔ ایک ہنگامہ ہو گا، سینۂ گیتی شق ہو جائے گا۔ میری بے لگام آواز بلند سے بلند تر ہوتی جائے گی۔۔۔۔۔۔ پھر کیا ہو گا؟۔۔۔۔۔۔۔۔۔ پھر کیا ہو گا؟۔۔۔۔۔۔۔۔ یہ مجھے معلوم نہیں۔۔۔۔۔ آؤ دیکھو اس سینے میں کتنی زبردست آگ سلگ رہی ہے۔"

یہ کہتے ہوئے اس نے میرا ہاتھ پکڑا اور اسے کوٹ کے اندر لے جا کر اپنے سینے پر رکھ دیا۔ اسکے ہاتھوں کی طرح اسکا سینہ بھی غیر معمولی طور پر گرم تھا۔ اس وقت اسکی آنکھوں کے ڈورے بہت ابھرے ہوئے تھے۔ میں نے اپنا ہاتھ ہٹا لیا اور کانپتی ہوئی آواز میں کہا۔

"آپ علیل ہیں، کیا میں آپ کو گھر چھوڑ آؤں؟"

"نہیں میرے عزیز میں علیل نہیں ہوں۔" اس نے زور سے اپنے سر کو ہلایا۔ "یہ انتقام ہے جو میرے اندر گرم سانس لے رہا ہے۔ میں اس دبی ہوئی آگ کو اپنے گیتوں کے دامن سے ہوا دے رہا ہوں کہ یہ شعلوں میں تبدیل ہو جائے۔"

"یہ درست ہے مگر آپ کی طبیعت واقعتہً خراب ہے، آپ کے ہاتھ بہت گرم ہیں، اس سردی میں آپ کو زیادہ بخار ہو جانے کا اندیشہ ہے۔"

اسکے ہاتھوں کی غیر معمولی گرمی اور آنکھوں میں ابھرے ہوئے سرخ ڈورے

صاف طور پر ظاہر کر رہے تھے کہ اسے کافی بخار ہے۔

اس نے میرے کہنے کی کوئی پروانہ کی اور جیبوں میں ہاتھ ٹھونس کر میری طرف بڑے غور سے دیکھتے ہوئے کہا۔

"یہ کیونکر ہو سکتا ہے کہ لکڑی جلے اور دھواں نہ دے۔ میرے عزیز ان آنکھوں نے ایسا سماں دیکھا ہے کہ انہیں ابل کر باہر نکل آنا چاہیئے تھا۔ کیا کہہ رہے تھے کہ میں علیل ہوں۔۔۔۔۔۔ہا، ہا، ہا۔۔۔۔۔۔۔علالت، کاش کہ سب لوگ میری طرح علیل ہوتے، جایئے آپ ایسے نازک مزاج میری آہوں کے خریدار نہیں ہو سکتے۔"

"مگر۔۔۔۔۔۔۔۔"

"مگر وگر کچھ نہیں۔" وہ دفعتہً جوش میں چلانے لگا۔ "انسانیت کے بازار میں صرف تم لوگ باقی رہ گئے ہو جو کھوکھلے قہقہوں اور پھیکے تبسموں کے خریدار ہو۔ ایک زمانے سے تمھارے مظلوم بھائیوں اور بہنوں کی فلک شگاف چیخیں تمھارے کانوں سے ٹکرا رہی ہیں مگر تمھاری خوابیدہ سماعت میں ارتعاش پیدا نہیں ہوا۔ آؤ اپنی روحوں کو میری آہوں کی آنچ دو، یہ انہیں حساس بنا دے گی۔"

میں اسکی گفتگو کو غور سے سن رہا تھا، میں حیران تھا کہ وہ چاہتا کیا ہے اور اسکے خیالات اس قدر پریشان و مضطرب کیوں ہیں۔ بیشتر اوقات میں نے خیال کیا کہ شاید وہ پاگل ہے۔ اسکی گفتگو با معنی ضرور تھی مگر لہجے میں ایک عجیب قسم کی دیوانگی تھی۔ اسکی عمر یہی کوئی پچیس تیس برس کے قریب ہو گی، ڈاڑھی کے بال جو ایک عرصے سے مونڈے نہ گئے تھے کچھ اس انداز میں اس کے چہرے پر اگے ہوئے تھے کہ معلوم ہوتا تھا کسی خشک روٹی پر بہت سی چیونٹیاں چمٹی ہوئی ہیں۔ گال اندر کو پچکے ہوئے تھے، ماتھا باہر کی طرف ابھرا ہوا، ناک نوکیلی، آنکھیں بڑی جن سے وحشت ٹپکتی تھی، سر پر خشک

اور خاک آلود بالوں کا ایک ہجوم۔ بڑے سے بھورے کوٹ میں وہ واقعی شاعر معلوم ہو رہا تھا، ایک دیوانہ شاعر، جیسا کہ اس نے خود اس نام سے اپنے آپ کو متعارف کرایا تھا۔

میں نے اکثر اوقات اخباروں میں ایک جماعت کا حال پڑھا تھا، اس جماعت کے خیالات دیوانے شاعر کے خیالات سے بہت حد تک ملتے جلتے تھے، میں نے خیال کیا کہ شاید وہ بھی اسی جماعت کا رکن ہے۔

"آپ انقلابی معلوم ہوتے ہیں۔"

اس پر وہ کھل کھلا کر ہنس پڑا۔ "آپ نے یہ بہت بڑا انکشاف کیا ہے، میاں میں تو کوٹھوں کی چھتوں پر چڑھ چڑھ کر پکارتا ہوں، میں انقلابی ہوں، میں انقلابی ہوں، مجھے روک لے جس سے بن پڑتا ہے، آپ نے واقعی بہت بڑا انکشاف کیا ہے۔"

یہ کہہ کر ہنستے ہوئے وہ اچانک سنجیدہ ہو گیا۔

"سکول کے ایک طالب علم کی طرح انقلاب کے حقیقی معانی سے تم بھی نا آشنا ہو۔ انقلابی وہ ہے جو ہر نا انصافی اور ہر غلطی پر چلا اٹھے، انقلابی وہ ہے جب سب زمینوں سب آسمانوں سب زبانوں اور سب وقتوں کا ایک مجسم گیت ہو۔ انقلابی، سماج کے قصاب خانے کی ایک بیمار اور فاقوں مری بھیڑ نہیں، وہ ایک مزدور ہے تنو مند جو اپنے آہنی ہتھوڑے کی ایک ضرب سے ہی ارضی جنت کے دروازے وا کر سکتا ہے۔ میرے عزیز، یہ منطق، خوابوں اور نظریوں کا زمانہ نہیں، انقلاب ایک ٹھوس حقیقت ہے۔ یہ یہاں پر موجود ہے، اسکی لہریں بڑھ رہی ہیں، کون ہے جو اب اس کو روک سکتا ہے یہ بند باندھنے پر نہ رک سکیں گی۔"

اسکا ہر لفظ ہتھوڑے کی اس ضرب کی مانند تھا جو سرخ لوہے پر پڑ کر اسکی شکل تبدیل کر رہا ہو۔ میں نے محسوس کیا کہ میری روح کسی غیر مرئی چیز کو سجدہ کر رہی ہے۔

شام کی تاریکی بتدریج بڑھ رہی تھی، نیم کے درخت کپکپا رہے تھے، میرے سینے میں ایک نیا جہان آباد ہو رہا تھا۔ اچانک میرے دل سے کچھ الفاظ اٹھے اور لبوں سے باہر نکل گئے۔

"اگر انقلاب یہی ہے تو میں بھی انقلابی ہوں۔"

شاعر نے اپنا سر اٹھایا اور میرے کاندھے پر ہاتھ رکھتے ہوئے کہا۔

"تو پھر اپنے خون کو کسی طشتری میں نکال کر رکھ چھوڑو کہ ہمیں آزادی کے کھیت کے لیے اس سرخ کھاد کی بہت ضرورت محسوس ہو گی، آہ وہ وقت کس قدر خوشگوار ہو گا جب میری آہوں کی زردی تبسم کا رنگ اختیار کر لے گی۔"

یہ کہہ کر وہ کنوئیں کی منڈیر سے اٹھا اور میرے ہاتھ کو اپنے ہاتھ میں لیکر کہنے لگا۔

"اس دنیا میں ایسے لوگ موجود ہیں جو حال سے مطمئن ہیں اگر تمھیں اپنی روح کی بالیدگی منظور ہے تو ایسے لوگوں سے ہمیشہ دور رہنے کی سعی کرنا، انکا احساس پتھرا گیا ہے۔ مستقبل کے جاں بخش مناظر انکی نگاہوں سے ہمیشہ اوجھل رہیں گے۔۔۔۔۔۔۔۔۔اچھا اب میں چلتا ہوں۔"

اس نے بڑے پیار سے میرا ہاتھ دبایا اور پیشتر اسکے کہ میں اس سے کوئی اور بات کرتا وہ لمبے قدم اٹھاتا ہوا جھاڑیوں کے جھنڈ میں غائب ہو گیا۔

باغ کی فضا پر خاموشی طاری تھی، میں سر جھکائے ہوئے خدا معلوم کتنا عرصہ اپنے خیالات میں غرق رہا کہ اچانک اس شاعر کی آواز 'رات کی رانی' کی دلنواز خوشبو میں گھلی ہوئی میرے کانوں تک پہنچی۔ وہ باغ کے دوسرے گوشے میں گا رہا تھا۔

زمین ستاروں کی طرف للچائی ہوئی نظروں سے دیکھ رہی ہے

اٹھو اور ان نگینوں کو اسکے ننگے سینے پر جڑ دو

ڈھاؤ، کھودو، چیرو، مارو

نئی دنیا کے معمارو، کیا تمھارے بازوؤں میں قوت نہیں ہے؟

میں آہوں کا بیوپاری ہوں

لہو کی شاعری میرا کام ہے

گیت ختم ہونے پر میں باغ میں کتنے عرصے تک بیٹھا رہا یہ مجھے قطعاً یاد نہیں۔ والدہ کا بیان ہے کہ میں اس روز گھر بہت دیر سے آیا تھا۔

(۸) چوری

"بابا جی کوئی کہانی سنایئے۔" سکول کے تین چار لڑکے الاؤ کے گرد حلقہ بنا کر بیٹھ گئے اور اس بوڑھے آدمی سے جو ٹاٹ پر بیٹھا اپنے استخوانی ہاتھ آگ تاپنے کی خاطر الاؤ کی طرف بڑھائے ہوئے تھا، کہنے لگے۔

مردِ معمر نے جو غالباً کسی گہری سوچ میں غرق تھا، اپنا بھاری سر اٹھایا جو گردن کی لاغری کی وجہ سے نیچے کو جھکا ہوا تھا۔

"کہانی۔۔۔۔۔۔۔۔۔۔ میں خود ایک کہانی ہوں، مگر۔۔۔۔۔۔۔۔۔۔۔"

اس کے بعد کے الفاظ اس نے اپنے پوپلے منہ میں ہی بڑبڑائے، شاید وہ اس جملہ کو لڑکوں کے سامنے ادا کرنا نہیں چاہتا تھا جنکی سمجھ اس قابل نہ تھی کہ وہ اس قسم کے فلسفیانہ نکات حل کر سکیں۔

لکڑی کے ٹکڑے ایک شور کے ساتھ جل جل کر الاؤ کے آتشیں شکم کو پر کر رہے تھے۔ شعلوں کی عنابی روشنی لڑکوں کے معصوم چہروں پر ایک عجیب انداز میں رقص کر رہی تھی۔ ننھی ننھی چنگاریاں سپید راکھ کی نقاب الٹ الٹ کر حیرت میں سربلند شعلوں کا منہ تک رہی تھیں۔ درختوں کے خشک پتے بڑی دلیری سے آگ کا مقابلہ کرتے ہوئے اس شعلہ افشاں قبر میں ہمیشہ کے لئے کود رہے تھے۔ سرد ہوا کے جھونکے کوٹھڑی کی گرم فضا کا استقبال کرتے ہوئے اسکے ساتھ بڑی گرمجوشی سے بغلگیر ہو رہے تھے، کونے میں مٹی کا ایک دیا اپنی کمزور روشنی پر آنسو بہا رہا تھا۔

"کہانی۔۔۔۔۔ ہر روز کہانی، کل سناؤں گا۔" بوڑھے آدمی نے الاؤ کی روشنی میں سے لڑکوں کی طرف نگاہیں اٹھا کر کہا۔

لڑکوں کے تمتمائے ہوئے چہروں پر افسردگی چھا گئی، ناامیدی کے عالم میں وہ ایک دوسرے کا منہ تکنے لگے گویا وہ آنکھوں ہی آنکھوں میں کہہ رہے تھے، آج رات کہانی سنے بغیر سونا ہو گا۔

یکایک ان میں سے ایک لڑکا جو دوسروں کی نسبت بہت ہوشیار اور ذہین معلوم ہوتا تھا، الاؤ کے قریب تر سرک کر بلند آواز میں بولا۔

"مگر کل آپ نے وعدہ کیا تھا اور وعدہ خلافی کرنا درست نہیں ہے، کیا آپ کو کل والے حامد کا انجام یاد نہیں جو ہمیشہ اپنا کہا بھول جاتا تھا۔"

"درست۔۔۔۔ میں بھول گیا تھا۔" بوڑھے آدمی نے یہ کہتے ہوئے اپنا سر جھکا لیا جیسے وہ اپنی بھول پر نادم ہے۔ تھوڑی دیر بعد وہ اس دلیر لڑکے کی جرأت کا خیال کر کے مسکرایا۔ "میرے بچے مجھ سے غلطی ہو گئی ہے معاف کر دو، مگر میں کونسی کہانی سناؤں، ٹھہرو مجھے یاد کر لینے دو۔" یہ کہتے ہوئے وہ سر جھکا کر گہری سوچ میں غرق ہو گیا۔

اسے جن اور پریوں کی لایعنی داستانوں سے سخت نفرت تھی، وہ بچوں کی وہی کہانیاں سنایا کرتا تھا جو انکے دل و دماغ کی اصلاح کر سکیں۔ اسے بہت سے فضول قصے یاد تھے جو اس نے اپنے ایامِ طفلی میں سنے تھے یا کتابوں سے پڑھے تھے مگر اس وقت وہ اپنے بربطِ پیری کے بوسیدہ تار چھیڑ رہا تھا کہ شاید ان میں کوئی خوابیدہ راگ جاگ اٹھے۔

لڑکے باباجی کو خاموش دیکھ کر آپس میں آہستہ آہستہ گفتگو کر رہے تھے، غالباً وہ کسی لڑکے کا ذکر کر رہے تھے جسے کتاب چرانے پر بید کی سزا ملی تھی۔ باتوں باتوں میں ان میں سے کسی نے بلند آواز میں کہا۔

"ماسٹر جی کے لڑکے نے بھی تو میری کتاب چرالی تھی مگر اسے سزا وزانہ ملی تھی۔"

"کتاب چرالی تھی۔" ان چار لفظوں نے جو پوری آواز میں ادا کئے گئے تھے، بوڑھے کی خفتہ یاد میں ایک واقعے کو جگا دیا۔ اس نے اپنا سپید سر اٹھایا اور اپنی آنکھوں کے سامنے اس فراموش کردہ داستان کو انگڑائیاں لیتے ہوئے پایا۔ ایک لمحے کے لیئے اسکی آنکھوں میں چمک پیدا ہوئی مگر ساتھ ہی وہیں غرق ہو گئی۔۔۔۔۔۔ اضطراب کی حالت میں اس نے اپنے نحیف جسم کو جنبش دے کر الاؤ کے قریب کیا۔ اسکے چہرے کے تغیر و تبدل سے صاف طور پر عیاں تھا کہ وہ کسی واقعے کو دوبارہ یاد کر کے بہت تکلیف محسوس کر رہا ہے۔

الاؤ کی روشنی بدستور لڑکوں کے چہروں پر ناچ رہی تھی۔۔۔۔۔ دیا اسی طرح اپنے جلے نصیبوں کو رو رہا تھا۔ کوٹھڑی کے باہر رات سیاہ زلفیں بکھیرے روشنی کی طرف اپنی تاریک آنکھیں پھاڑ پھاڑ کر دیکھ رہی تھی۔ لڑکے آپس میں سکول کی باتیں کرنے میں مشغول تھے، چھت جھک کر انکی معصوم باتوں کو کان لگا کر سن رہی تھی۔

دفعتاً بوڑھے نے آخر ارادہ کرتے ہوئے کہا۔ "بچو، آج میں اپنی کہانی سناؤں گا۔"

لڑکے فوراً اپنی گفتگو چھوڑ کر ہمہ تن گوش ہو گئے۔ الاؤ کی چیختی ہوئی لکڑیاں ایک شور کے ساتھ اپنی جگہ پر ابھر کر خاموش ہو گئیں۔۔۔۔۔۔ ایک لمحے کے لیئے فضا پر مکمل سکوت طاری رہا۔

"اپنی کہانی سنائیں گے؟" ایک لڑکے نے خوش ہو کر کہا۔ باقی سرک کر آگ کے قریب خاموشی سے بیٹھ گئے۔

"ہاں، اپنی کہانی۔" یہ کہہ کر بوڑھے آدمی نے اپنی جھکی ہوئی گھنی بھوؤں میں سے کوٹھڑی کے باہر تاریکی میں دیکھنا شروع کیا۔ تھوڑی دیر کے بعد وہ پھر لڑکوں سے مخاطب

ہوا۔ "میں آج تمھیں اپنی پہلی چوری کی داستان سناؤں گا۔"

لڑکے حیرت سے ایک دوسرے کا منہ دیکھنے لگے، انہیں دراصل یہ وہم وگمان بھی نہ تھا کہ باباجی کسی زمانے میں چوری بھی کرتے رہے ہیں۔ باباجی جو ہر وقت انہیں برے کاموں سے بچنے کے لیئے نصیحت کیا کرتے ہیں۔

لڑکا جو ان سب میں دلیر تھا اپنی حیرانی نہ چھپا سکا۔ "مگر کیا آپ نے واقعی چوری کا ارتکاب کیا تھا؟"

"واقعی"

"آپ اس وقت کونسی جماعت میں پڑھا کرتے تھے؟"

"نویں میں"

یہ سن کر لڑکے کی حیرت اور بھی بڑھ گئی، اسے اپنے بھائی کا خیال آیا جو نویں جماعت میں تعلیم پا رہا تھا، وہ اس سے عمر میں دوگنا تھا۔ اسکی تعلیم اس سے کہیں زیادہ تھی، وہ انگریزی کی کئی کتابیں پڑھا ہوا تھا اور اسے ہر وقت نصیحتیں کیا کرتا تھا۔ پھر یہ کیونکر ممکن تھا کہ اس عمر کا لڑکا اور اچھا پڑھا لکھا لڑکا چوری کرے؟۔۔۔۔۔۔۔۔اسکی عقل اس معمے کو نہ حل کر سکی، چنانچہ اس نے پھر سوال کیا۔

"آپ نے چوری کیوں کی؟"

یہ مشکل سوال دیکھ کر بوڑھا تھوڑی دیر کے لیئے بہت گھبرایا، آخر وہ اسکا کیا جواب دے سکتا تھا کہ فلاں کام اس نے کیوں کیا؟ بظاہر اسکا جواب یہی ہو سکتا تھا "اس لیئے کہ اس وقت دماغ میں یہی خیال آیا۔"

بوڑھے نے دل میں یہی جواب سوچا مگر اس سے مطمئن نہ ہو کر یہی بہتر خیال کیا کہ تمام داستان من وعن بیان کر دی جائے، اس لیئے کہ وہ بذاتِ خود اس سوال کا سب سے

آسان جواب ہے۔

"اسکا جواب میری کہانی ہے جو تمھیں سنانے والا ہوں۔"

"سنایئے۔"

لڑکے اس بوڑھے آدمی کی چوری کا حال سننے کے لیئے اپنی اپنی جگہ پر جم کر بیٹھ گئے، جو الاؤ کے سامنے اپنے سپید بالوں کو انگلیوں سے کنگھی کر رہا تھا اور جسے وہ ایک بہت بڑا آدمی خیال کرتے تھے۔

مردِ معمر کچھ عرصے تک خاموش اپنے بالوں میں انگلیاں پھیرتا رہا پھر اس بھولے ہوئے واقعے کے تمام منتشر ٹکڑے فراہم کر کے بولا۔

"ہر شخص خواہ وہ بڑا ہو یا چھوٹا، اپنی زندگی میں کوئی نہ کوئی ایسی حرکت ضرور کرتا ہے جس پر وہ تمام عمر نادم رہتا ہے۔ میری زندگی میں سب سے برا فعل ایک کتاب کی چوری ہے۔"

یہاں تک پہنچ کر وہ رک گیا، اسکی آنکھیں جو ہمیشہ ایک ناقابلِ انداز میں چمکتی رہتی تھیں، دھندلی پڑ گئیں۔ اسکے چہرے کی تبدیلی سے صاف ظاہر تھا کہ وہ اس واقعے کو بیان کرتے ہوئے زبردست ذہنی تکلیف کا سامنا کر رہا ہے۔ چند لمحات کے توقف کے بعد وہ پھر گویا ہوا۔

"سب سے مکروہ فعل کتاب کی چوری ہے جو میں نے ایک کتب فروش کی دکان سے چرائی۔ یہ اس زمانے کا ذکر ہے جب میں نویں جماعت میں تعلیم پا رہا تھا۔ قدرتی طور پر جیسا کہ اب تمھیں کہانی سننے کا شوق ہے، مجھے افسانے یا ناول پڑھنے کا شوق تھا۔۔۔۔۔۔۔ نہیں خبط تھا۔ دوستوں سے مانگ کر یا خود خرید کر میں ہر ہفتے ایک نہ ایک کتاب ضرور مطالعہ کیا کرتا تھا۔ وہ کتابیں عموماً عشق و محبت کی بے معنی داستانیں یا فضول

جاسوسی قصے ہوا کرتے تھے۔

یہ کتابیں میں ہمیشہ چھپ چھپ کر پڑھا کرتا تھا، میرے والدین کو میری اس حرکت کی کوئی خبر نہ تھی، اگر انہیں معلوم ہوتا تو وہ مجھے ہرگز ایسا نہ کرنے دیتے، اس لیئے کہ اس قسم کی کتابیں سکول کے لڑکے کے لیئے بہت نقصان دہ ہوتی ہیں۔ میں انکے مہلک نقصان سے غافل تھا، چنانچہ مجھے اسکا نتیجہ بھگتنا پڑا۔۔۔۔۔۔میں نے چوری کی اور پکڑا گیا۔"

"آپ پکڑے گئے؟" ایک لڑکے نے حیرت زدہ ہو کر کہا۔

"ہاں پکڑا گیا۔۔۔۔۔چونکہ میرے والدین اس واقعے سے بالکل بے خبر تھے۔ یہ عادت پکتے پکتے میری طبیعت بن گئی۔ اب مجھے ہر روز ایک کتاب یعنی ناول کی ضرورت لاحق ہونے لگی۔ گھر سے جتنے پیسے ملتے میں انہیں جوڑ جوڑ کر بازار سے افسانوں کی کتابیں خریدنے میں صرف کر دیتا۔ سکول کی پڑھائی سے رفتہ رفتہ مجھے نفرت ہونے لگی۔ پس ہر وقت میرے دل میں یہی خیال سمایا رہتا کہ فلاں کتاب جو فلاں ناول نویس کی لکھی ہوئی ہے ضرور پڑھنی چاہیئے، یا فلاں کتب فروش کے پاس نئی ناولوں کا ایک ذخیرہ موجود ہے وہ ایک نظر ضرور دیکھنا چاہیئے۔۔۔۔۔۔۔شوق کی یہ انتہا دوسرے معنوں میں دیوانگی ہے۔ اس حالت میں انسان کو معلوم نہیں ہوتا کہ وہ کیا کرنے والا ہے یا کیا کر رہا ہے۔ اس وقت وہ ایک بے عقل بچے کی مانند ہوتا ہے جو اپنی طبیعت خوش کرنے یا شوق پورا کرنے کے لیئے جلتی ہوئی آگ میں ہاتھ ڈال دیتا ہے۔ اسے یہ پتا نہیں ہوتا کہ وہ چمکنے والی شے جسے وہ پکڑ رہا ہے اسکا ہاتھ جلا دے گی۔۔۔۔۔۔۔۔ٹھیک یہی حالت میری تھی۔ فرق اتنا ہے کہ بچہ شعور سے محروم ہوتا ہے اس لیئے وہ بغیر سمجھے بوجھے بری سے بری حرکت کر بیٹھتا ہے مگر میں نے عقل کا مالک ہوتے ہوئے چوری ایسے مکروہ جرم کا ارتکاب کیا۔ یہ

آنکھوں کی موجودگی میں میرے اندھے ہونے کی دلیل ہے۔ میں ہرگز ایسا کام نہ کرتا اگر میری عادت مجھے مجبور نہ کرتی۔

ہر انسان کے دماغ میں شیطان موجود ہوتا ہے جو وقتاً فوقتاً اسے برے سے برے کام کرنے پر مجبور کرتا ہے۔ یہ شیطان مجھ پر اس وقت غالب آیا جب کہ سوچنے کے لیئے بہت کم وقت تھا۔۔۔۔۔۔۔۔۔۔خیر۔"

لڑکے خاموشی سے بوڑھے کے ہلتے ہوئے لبوں کی طرف نگاہیں گاڑے اسکی داستان کو سن رہے تھے۔ داستان کا تسلسل اس وقت ٹوٹتے دیکھ کر جب کہ اصل مقصد بیان کیا جانے والا تھا وہ بڑی بیقراری سے بقایا تفصیل کا انتظار کرنے لگے۔

"مسعود بیٹا، یہ سامنے والا دروازہ تو بند کر دینا، سرد ہوا آرہی ہے۔" بوڑھے نے اپنا کمبل گھٹنوں پر ڈالتے ہوئے کہا۔

مسعود "اچھا باباجی" کہہ کر اٹھا اور کوٹھڑی کا دروازہ بند کرنے کے بعد اپنی جگہ پر بیٹھ گیا۔

"ہاں تو ایک دن جب کہ والد گھر سے باہر تھے۔" بوڑھے نے اپنی داستان سنانا شروع کر دی۔ "مجھے بھی کوئی خاص کام نہ تھا اور وہ کتاب جو میں ان دنوں پڑھ رہا تھا قریب الاختتام تھی، اس لیئے میرے جی میں آئی کہ چلو فلاں کتب فروش تک ہو آئیں جسکے پاس بہت سی جاسوسی ناولیں پڑی ہوئی تھیں۔

میری جیب میں اس وقت کچھ پیسے موجود تھے جو ایک معمولی ناول کے دام ادا کرنے کے لیئے کافی تھے چنانچہ میں گھر سے سیدھا اس کتب فروش کی دکان پر گیا۔ یوں تو اس دکان پر ہر وقت بہت اچھی اچھی ناولیں موجود رہتی تھیں مگر اس دن خاص طور پر بالکل نئی کتابوں کا ایک ڈھیر باہر تختے پر رکھا ہوا تھا۔ ان کتابوں کے رنگ برنگے سرورق

دیکھ کر میری طبیعت میں ایک ہیجان سا برپا ہو گیا۔ دل میں یہ خواہش گدگدانے لگی کہ وہ تمام میری ملکیت بن جائیں۔

میں دکاندار سے اجازت لیکر ان کتابوں کو ایک نظر دیکھنے میں مشغول ہو گیا۔ ہر کتاب کے شوخ سرورق پر اس قسم کی کوئی نہ کوئی عبارت لکھی ہوئی تھی۔

"یہ ناممکن ہے کہ اس کا مطالعہ آپ پر سنسنی نہ طاری کر دے۔"

"مصورِ اسرار کا لاثانی شاہکار۔"

"تمثیل، ہیجان، رومان۔۔۔۔۔۔۔۔۔سب یکجا"

اس قسم کی عبارتیں اشتیاق بڑھانے کے لیئے کافی تھیں مگر میں نے کوئی خاص توجہ نہ دی اس لیئے کہ میری نظروں سے اکثر ایسے الفاظ گزر چکے تھے۔ گو اسکے ساتھ ہی مجھے یہ خواہش ضرور تھی کہ میں ان کتابوں کا مالک بن جاؤں۔ خیر میں تھوڑا عرصہ کتابوں کو الٹ پلٹ کر دیکھتا رہا۔ اس وقت میرے دل میں چوری کرنے کا خیال مطلقاً نہ تھا بلکہ میں نے خریدنے کے لیئے ایک کم قیمت کی ناول چن کر علیحدہ کر رکھی تھی۔

تھوڑی دیر کے بعد دل میں یہ ارادہ کر کے کہ میں دوسرے ہفتے ان ناولوں کو دوبارہ دیکھنے آؤنگا، میں نے اپنی انتخاب کردہ کتاب اٹھائی، کتاب کا اٹھانا تھا کہ میری نگاہیں ایک مجلد ناول پر گڑ گئیں۔ سرورق کے ایک کونے پر میرے محبوب ناولسٹ کا نام سرخ لفظوں میں چھپا ہوا تھا، اسکے ذرا اوپر کتاب کا نام تھا۔

"منتقم شعاعیں۔۔۔۔۔۔کسطرح ایک دیوانے ڈاکٹر نے لندن کو تباہ کرنے کا ارادہ کیا۔"

یہ سطور پڑھتے ہی میرے اشتیاق میں ایک قسم کی طغیانی آگئی۔ کتاب کا وہی مصنف، جس نے اس سے پیشتر مجھ پر راتوں کی نیند حرام کر رکھی تھی۔ ناول کو دیکھتے ہی

میرے دماغ میں خیالات کا ایک گروہ داخل ہو گیا۔

"منتقم شعاعیں۔۔۔۔۔۔۔دیوانے ڈاکٹر کی ایجاد۔۔۔۔۔۔۔کیسا دلچسپ افسانہ ہو گا۔

لندن تباہ کرنے کا ارادہ۔۔۔۔۔۔۔یہ کسطرح ہو سکتا ہے؟

اس مصنف نے فلاں فلاں کتابیں کتنی سنسنی خیز لکھی ہیں۔

یہ کتاب ضرور ان سے بہتر ہو گی۔"

میں خاموش اس کتاب کی طرف دیکھ رہا تھا اور یہ خیالات یکے بعد دیگرے میرے کانوں میں شور برپا کر رہے تھے۔ میں نے اس کتاب کو اٹھایا اور کھول کر دیکھا تو پہلے ورق پر یہ عبارت نظر آئی۔

"مصنف اس کتاب کو اپنی بہترین تصنیف قرار دیتا ہے۔"

ان الفاظ نے میرے اشتیاق کی آگ میں ایندھن کا کام دیا۔ دفعتاً میرے دماغ کے خدا معلوم کس گوشے سے ایک خیال کود پڑا وہ یہ کہ میں اس کتاب کو اپنے کوٹ میں چھپا کر لے جاؤں۔۔۔۔۔۔۔۔میری آنکھیں بے اختیار کتب فروش کی طرف مڑیں جو ایک کاغذ پر کچھ لکھنے میں مشغول تھا۔ دکان کی دوسری طرف دو نوجوان کھڑے میری طرح کتابیں دیکھ رہے تھے۔۔۔۔۔۔۔میں سر سے پیر تک لرز گیا۔"

یہ کہتے ہوئے بوڑھے کا نحیف جسم اس واقعے کی یاد سے کانپا، تھوڑی دیر خاموش رہ کر اس نے پھر اپنی داستان شروع کر دی۔

"ایک لحظے کے لئے میرے دل میں یہ خیال پیدا ہوا کہ چوری کرنا بہت برا کام ہے مگر ضمیر کی یہ آواز سرورق پر بنی ہوئی لانبی شعاعوں میں غرق ہو گئی۔ میرا دماغ 'منتقم شعاعیں''منتقم شعاعیں' کی گردان کر رہا تھا۔ میں نے ادھر ادھر جھانکا اور جھٹ سے وہ

کتاب کوٹ کے اندر بغل میں دبالی۔۔۔۔۔یہ کرتے ہوئے میرے دونوں ہاتھ اور ٹانگیں بڑے زور سے کانپ رہے تھے۔

اس حالت پر قابو پاکر میں کتب فروش کے قریب گیا اور اس کتاب کے دام ادا کر دیئے جو میں نے پہلے منتخب کی تھی۔ قیمت لیتے وقت اور روپے میں سے باقی پیسے واپس کرنے میں اس نے غیر معمولی تاخیر لگادی۔ اسکے علاوہ وہ میری طرف اس وقت عجیب نگاہوں سے دیکھ رہا تھا جس سے میری طبیعت سخت پریشان ہو رہی تھی۔ جی یہی چاہتا تھا کہ سب کچھ چھوڑ کر وہاں سے بھاگ نکلوں۔

اس دوران میں میں نے کئی بار اس جگہ پر جو کتاب کی وجہ سے ابھری ہوئی تھی، نگاہ ڈالی۔۔۔۔۔اور شاید اسے چھپانے کی بے سود کوشش بھی کی۔ میری ان عجیب حرکتوں کو دیکھ کر اسے شک ضرور ہوا اس لیئے کہ وہ بار بار کچھ کہنے کی کوشش کر کے پھر خاموش ہو جاتا تھا۔

میں نے باقی پیسے جلدی سے پکڑے اور وہاں سے چل دیا۔ دو سو قدم کے فاصلے پر میں نے کسی کی آواز سنی، مڑ کر دیکھا تو کتب فروش ننگے پاؤں چلا آرہا تھا اور مجھے ٹھہرنے کے لیئے کہہ رہا تھا، یہ دیکھتے ہی میں نے اندھا دھند بھاگنا شروع کر دیا۔

مجھے معلوم نہ تھا کہ میں کدھر بھاگ رہا ہوں، اسکے علاوہ میں اپنے گھر کی جانب رخ کئے ہوئے نہ تھا بلکہ میں شروع ہی سے اس طرف بھاگ رہا تھا جدھر بازار کا اختتام تھا، اس غلطی کا مجھے اس وقت احساس ہوا جب دو تین آدمیوں نے مجھے پکڑ لیا۔"

بوڑھا اتنا کہہ کر اضطراب کی حالت میں اپنی خشک زبان لبوں پر پھیرنے لگا، کچھ توقف کے بعد وہ ایک لڑکے سے مخاطب ہوا۔ "مسعود، پانی کا ایک گھونٹ تو پلوانا۔"

مسعود خاموشی سے اٹھا اور کوٹھڑی کے ایک کونے میں پڑے ہوئے گھڑے سے

گلاس میں پانی انڈیل کر لے آیا۔ بوڑھے نے گلاس کو پکڑتے ہی منہ سے لگالیا اور ایک ہی گھونٹ میں سارا پانی پی لیا۔ "ہاں میں کیا بیان کر رہا تھا؟" بوڑھے نے خالی گلاس کو زمین پر رکھتے ہوئے کہا۔

"آپ بھاگے جا رہے تھے۔" ایک لڑکے نے جواب دیا۔

"میرے پیچھے کتب فروش چور، چور کی آواز بلند کرتا ہوا بھاگا چلا آ رہا تھا، جب میں نے دو تین آدمیوں کو اپنے قریب پہنچتے ہوئے دیکھا تو میرے ہوش ٹھکانے نہ رہے۔ جیل کی آہنی سلاخیں، پولیس اور عدالت کی تصویریں ایک ایک کر کے میری آنکھوں کے سامنے رقص کرنے لگیں۔ بے عزتی کا خیال آتے ہی میری پیشانی عرق آلود ہو گئی، میں لڑکھڑایا اور گر پڑا، اٹھنا چاہا تو ٹانگوں نے جواب دے دیا۔ اس وقت میرے دماغ کی عجیب حالت تھی، ایک تند دھواں سا میرے سینے میں کروٹیں لے رہا تھا۔ آنکھیں فرطِ خوف سے ابل رہی تھیں اور کانوں میں ایک زبردست شور برپا تھا جیسے بہت سے لوگ آہنی چادروں کو ہتھوڑوں سے کوٹ رہے ہیں، میں ابھی اٹھ کر بھاگنے کی کوشش کر ہی رہا تھا کہ کتب فروش اور اسکے ہمراہ دو تین آدمیوں نے مجھے پکڑ لیا، اس وقت میری کیا حالت تھی، اسکا بیان کرنا بہت دشوار ہے، سینکڑوں خیالات پتھروں کی طرح میرے دماغ کے ساتھ ٹکرا ٹکرا کر مختلف قسم کی آوازیں پیدا کر رہے تھے۔ جب انہوں نے مجھے پکڑا تو ایسا معلوم ہوا کہ آہنی پنجرے نے میرے دل کو پکڑ کر مسل ڈالا ہے، میں بالکل خاموش تھا اور وہ مجھے دکان کی طرف کشاں کشاں لے جا رہے تھے۔

جیل خانے کی کوٹھڑی یا عدالت کا دروازہ دیکھنا یقینی تھا، یہ خیال کرتے ہوئے میرے ضمیر نے مجھ پر لعنت ملامت کرنا شروع کر دی۔ چونکہ اب جو ہونا تھا، ہو چکا تھا اور میرے پاس اپنے ضمیر کو جواب دینے کے لیئے کوئی الفاظ موجود نہ تھے، میری گرم

آنکھوں میں آنسو اتر آئے اور میں نے بے اختیار رونا شروع کر دیا۔"

یہ کہتے ہوئے بوڑھے کی دھندلی آنکھیں نمناک ہو گئیں۔

"کتب فروش نے مجھے پولیس کے حوالے نہ کیا، اپنی کتاب لے لی اور تھوڑی دیر نصیحت کرنے کے بعد چھوڑ دیا۔" بوڑھے نے اپنے آنسو کمبل سے خشک کرتے ہوئے کہا۔ "خدا اس کو جزائے خیر دے، میں عدالت کے دروازے سے تو بچ گیا مگر اس واقعے کی والد اور سکول کے لڑکوں کو خبر ہو گئی، والد مجھ پر سخت خفا ہوئے اور ہر ممکن طریقے سے مجھے اس مکروہ فعل پر شرم دلانے کے بعد معاف کر دیا۔

دو تین روز مجھے اس ندامت میں بخار آتا رہا، اسکے بعد جب میں نے دیکھا کہ میرا دل کسی کروٹ آرام نہیں لیتا اور مجھ میں اتنی قوت نہیں کہ میں لوگوں کے سامنے اپنی نگاہیں اٹھا سکوں تو میں شہر چھوڑ کر وہاں سے ہمیشہ کے لیئے روپوش ہو گیا۔ اس وقت سے لیکر اب تک میں نے مختلف شہروں کی خاک چھانی ہے، ہزاروں مصائب برداشت کیئے ہیں۔۔۔۔۔۔۔ صرف اس کتاب کی چوری کی وجہ سے، جو مجھے تا دمِ مرگ نادم و شرمسار رکھے گی۔

اس آوارہ گردی کے دوران میں میں نے اور بھی بہت سی چوریاں کیں، ڈاکے ڈالے اور ہمیشہ پکڑا گیا، مگر میں ان پر نادم نہیں ہوں، مجھے فخر ہے۔"

یہ کہتے ہوئے بوڑھے کی دھندلی آنکھوں میں پھر پہلی سی چمک نمودار ہو گئی اور اس نے الاؤ کے شعلوں کو ٹکٹکی لگا کر دیکھنا شروع کر دیا۔

"ہاں، مجھے فخر ہے۔" یہ الفاظ اس نے تھوڑے توقف کے بعد دوبارہ کہے۔

آگ کا ایک شعلہ نہ معلوم کیوں بلند ہوا اور ایک لمحہ فضا میں تھر تھرا کر پھر الاؤ کی آغوش میں سو گیا۔ بوڑھے نے شعلے کی جرأت دیکھی اور مسکرا دیا، پھر لڑکوں سے

مخاطب ہو کر کہنے لگا۔

"کہانی ختم ہو گئی ہے، اب تم جاؤ، تمھارے والدین انتظار کرتے ہونگے۔"

"مگر آپ کو اپنی دوسری چوریوں پر فخر کیوں ہے؟" مسعود نے سوال کیا۔

"آہ، فخر کیوں ہے؟" بوڑھا مسکرایا۔ "اس لئے کہ وہ چوریاں نہیں تھیں، اپنی سرقہ شدہ چیزوں کو دوبارہ حاصل کرنا چوری نہیں میرے عزیز، بڑے ہو کر تمھیں اچھی طرح معلوم ہو جائے گا۔"

"میں سمجھا نہیں۔"

"ہر وہ چیز جو تم سے چرالی گئی ہو، تمھیں حق حاصل ہے کہ اسے ہر ممکن طریقے سے اپنے قبضے میں لے آؤ، مگر یاد رہے تمھاری یہ کوشش کامیاب ہونی چاہیئے ورنہ ایسا کرتے ہوئے پکڑے جانا اور اذیتیں اٹھانا عبث ہے۔"

لڑکے اٹھے اور باباجی کو شب بخیر کہتے ہوئے کوٹھڑی کے دروازے سے باہر چلے گئے، بوڑھے کی نگاہیں انکو تاریکی میں گم ہوتے دیکھ رہی تھیں، تھوڑی دیر اسی طرح دیکھنے کے بعد وہ اٹھا اور کوٹھڑی کا دروازہ بند کرتے ہوئے بولا۔

"آہ، اگر بڑے ہو کر وہ صرف کھوئی ہوئی چیزیں واپس لے سکیں۔"

بوڑھے کو خدا معلوم ان لڑکوں سے کیا امید تھی۔

(اشاعتِ اولیں "ساقی")

* * *

انقلابِ روس کی خونی داستان

ویرا

مترجم : سعادت حسن منٹو

بین الاقوامی ایڈیشن منظر عام پر آچکا ہے

اختر شیرانی کے یادگار افسانے

الف لیلہ کی ایک رات

مصنف: اختر شیرانی

بین الاقوامی ایڈیشن منظر عام پر آچکا ہے

سابق ریاست دکن کے نوابی دور کی چبھتی ہوئی کہانیاں

جنتی جوڑا

مصنفہ : واجدہ تبسم

بین الاقوامی ایڈیشن منظر عام پر آچکا ہے